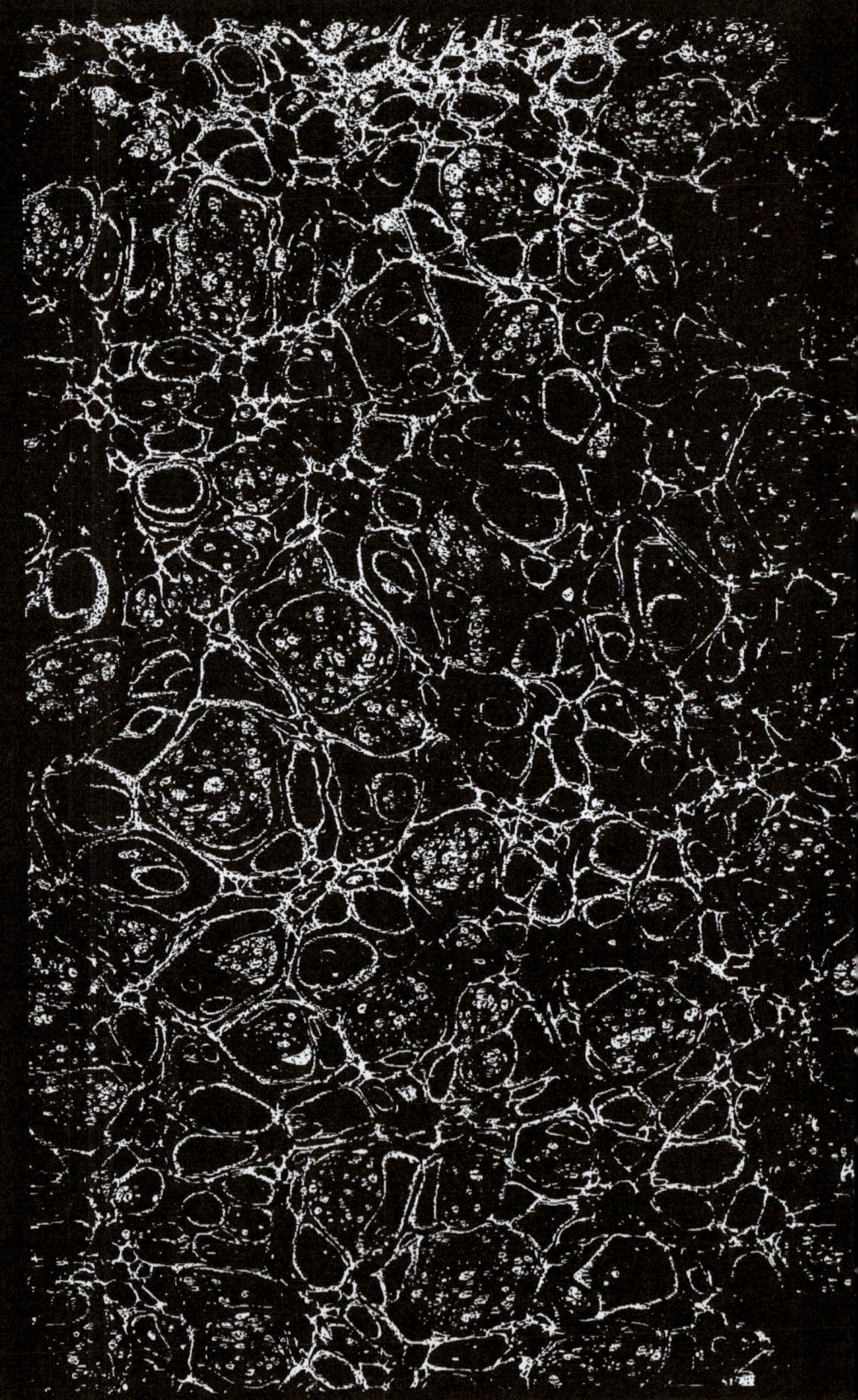

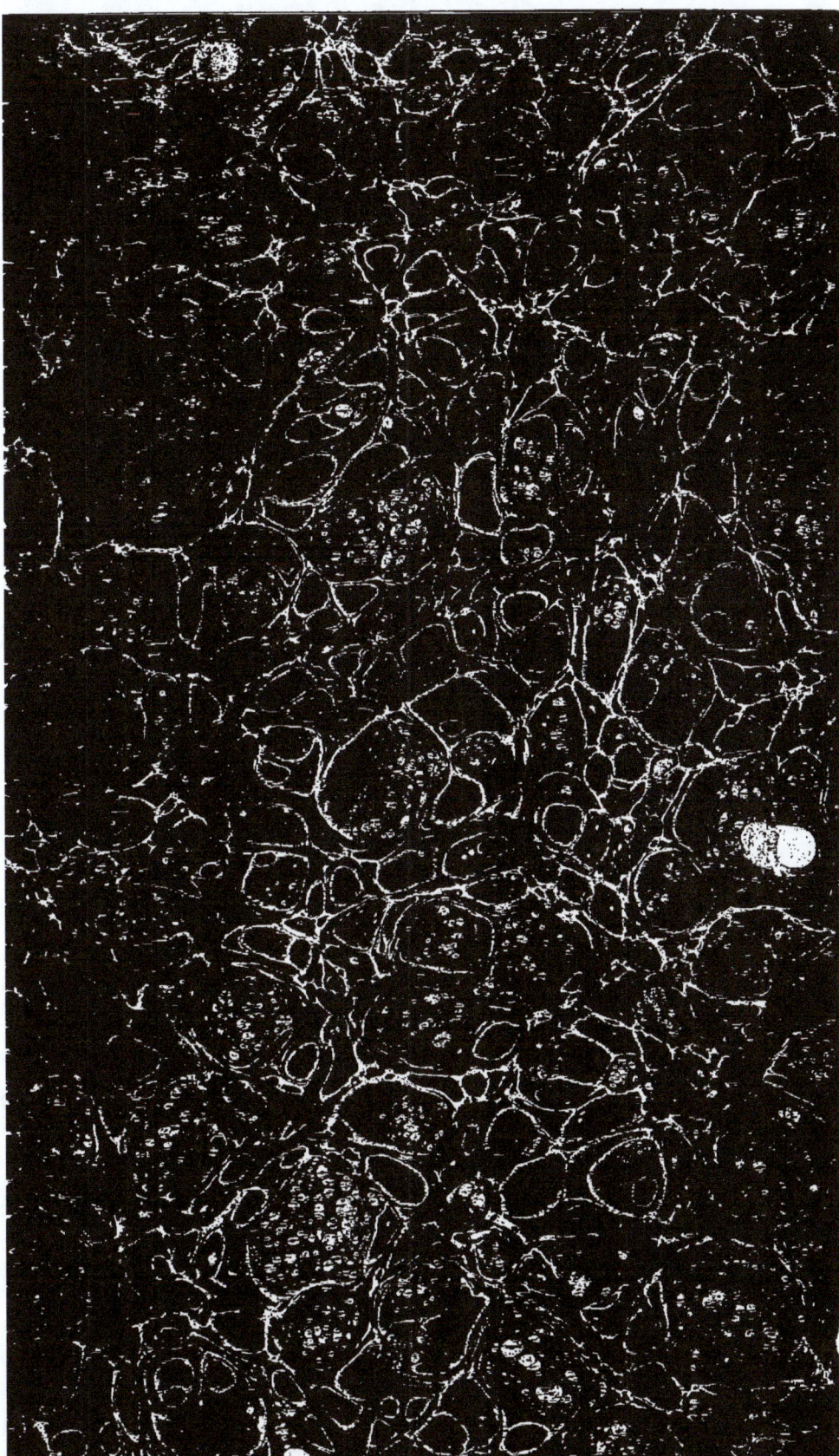

NAPOLÉON

EN RUSSIE.

IMPRIMERIE DE MADAME DE LACOMBE,
Rue d'Enghien, 12.

Napoleon

NAPOLÉON

EN RUSSIE;

POÈME EN SIX CHANTS.

PAR

A. BIGNAN.

Paris.

DELAUNAY, LIBRAIRE, PALAIS-ROYAL,

PÉRISTYLE VALOIS, 181 ET 183.

—

1839.

La campagne d'Égypte et la campagne de Russie sont les deux guerres les plus prodigieuses de la France moderne. Tout en elles a son caractère, son intérêt, sa poésie : dans la première, l'Égypte avec son ciel brûlant et les ruines sacrées de sa vieille civilisation ; dans la seconde, la Russie avec ses régions de glace et les monumens d'un art à peine sorti de la barbarie ; dans l'une les guerriers de la république luttant contre les sables enflammés du désert et la fanatique bravoure des enfans du Prophète ; dans l'autre les soldats de l'Empire aux prises avec les précoces rigueurs d'un hiver meurtrier, et avec l'opiniâtreté de cette valeur moskovite, qui croit mériter le ciel en mourant; ici le général Bonaparte, radieux de jeunesse et d'avenir, préludant à la conquête du monde, et quittant l'Egypte pour retourner en France où il ramassera la couronne à la pointe de sa victorieuse épée; là l'empereur Napoléon, déjà parvenu à la maturité de son âge et de sa puissance, contraint de céder à l'hiver sa nouvelle proie, et revenant du fond de la Russie, non plus pour agrandir, mais pour défendre un trône qui bientôt s'écroulera sous les attaques du Nord coalisé : tels sont les traits caractéristiques de ces deux expéditions qui, sur les bords du Nil et de la Moskowa, ont eu pour instrument l'élite des armées françaises, et pour chef, le génie le plus extraordinaire de tous les siècles.

La guerre d'Égypte a inspiré deux chantres illustres. En osant célébrer la campagne de

Russie, j'ai le désavantage, d'abord de ne pas posséder leur talent poétique, ensuite de traiter un sujet moins national peut-être à cause de l'impopularité qui s'attache aux revers. Cependant nos braves des Pyramides, de Marengo et d'Austerlitz ont-ils déployé jamais plus d'héroïsme? Vaincus par les élémens, ils sont restés vainqueurs des hommes; toute âme française, en saignant de leurs plaies, en gémissant de leurs tortures au milieu de leur tombeau de neige et de glace, ne doit-elle pas s'enorgueillir de leur bataille de géans dans les plaines de la Moskowa, de leur entrée dans l'ancienne capitale de l'empire des Tsars, et de cette immortelle retraite où ils ont porté le courage, aussi loin que l'hiver a poussé la barbarie? La grande armée, étendue sur sa couche d'agonie, ne s'est-elle pas montrée aussi sublime que dans une de ces courses triomphales, où d'étape en étape, elle jetait ses soldats sur les trônes de l'Europe?

Ce que le dénouement de ce drame guerrier présente de terrible, est donc racheté par la grandeur de ses héros. D'ailleurs cette catastrophe, à la considérer de plus haut, est le plus important des événemens contemporains, puisqu'elle a causé la chûte du trône le plus gigantesque qui depuis Charlemagne ait pesé sur le monde. Un seul homme de moins a changé la face de toutes les choses. Dès lors à l'empire du sabre et de la gloire militaire, a succédé le règne de la paix et des lois. Ainsi, que notre patriotisme se console d'une défaite vengée d'avance par nos anciens triomphes, en songeant que l'Europe, affranchie de la tutelle oppressive du glaive impérial, a pu marcher enfin vers un avenir de repos et de liberté. 1814 a commencé une ère nouvelle, préparée par 1812. Ces voyages à main armée de Paris à Moskou, et de Moskou à Paris ont établi parmi les nations un échange de langage, de mœurs, d'idées, de lumières, qui leur a fait comprendre , que si elles avaient à remplir des devoirs, elles avaient aussi des droits à reconquérir. Napoléon justifiait son expédition non seulement par le système du blocus continental, mais par le besoin de prévenir une guerre agressive de la Russie, qui aurait pu arrêter l'essor de la civilisation dans le reste de l'Europe. Ce n'était là qu'une manière de colorer l'ambition qui l'entraînait à la monarchie universelle. L'événement a prouvé que les hommes du Nord ne pouvaient plus ramener les ténèbres du moyen-âge sous le soleil du midi. La Russie, entrée dans la France sans y importer la barbarie , en est sortie, remportant de nouveaux élémens de civilisation. Les grands conquérans , surnommés jadis les *Fléaux de Dieu* , sont quelquefois les agens providentiels destinés à régénérer le monde.

La guerre de Russie , comparable sous certains rapports aux colossales expéditions de Xerxès et de Cambyse, a exercé sur l'u-

nivers une bien plus grave influence. L'importance de ses moyens d'exécution et de
ses résultats était digne d'appeler la poésie,
mais faite en même temps pour la découra-
ger. En effet, que de sujets renfermés en un
seul ! De grandes batailles et des villes prises
d'assaut, l'incendie de Moskou, les ravages
de la famine et de l'hiver, des scènes déchi-
rantes de désespoir et des actes sublimes de
courage et de dévouement, tant de caractères
opposés, le fougueux Murat, le sage Davoust, le brillant Eugène, l'intrépide Ney,
le génie de la guerre personnifié dans Napoléon, enfin deux armées, deux nations, deux
mondes luttant dans un duel à mort, voilà
de nombreux contrastes que le peintre devait harmoniser sur une même toile. Je n'aurais pas eu la témérité d'essayer un pareil
tableau, si je n'avais pu étudier un admirable
modèle dans *l'Histoire de Napoléon et de la
Grande-Armée pendant l'année* 1812, par
M. le comte Philippe de Ségur. J'ai consulté

aussi les ouvrages de MM. Labaume, Sarrazin, Gourgaud, de Chambray, du colonel Boutour-lin, de sir Robert Wilson. Malgré tous ces secours, combien je tremble d'avoir soulevé un fardeau qui écrase ma faiblesse ! Au reste, je n'ai pas voulu tirer de mon cerveau un poème épique, armé de pied en cap avec son cortége obligé de dieux et de démons, d'é-pisodes d'amour et d'allégories. En remuant les débris d'une grande époque, je rencon-trais assez de gloire pour n'avoir besoin de rien inventer ; la seule difficulté était de res-serrer un si vaste sujet dans un cadre étroit ; car l'impatience des lecteurs s'accommode-rait mal d'une épopée construite dans les anciennes dimensions. J'ai évité tout ce qui aurait pu ralentir la marche d'une histoire qui, toute noircie de la poudre des batailles, toute flamboyante des feux du bivac, atta-che comme un roman et entraîne comme un drame. Quelle fiction eût été plus poétique que la réalité ? Le véritable merveilleux

n'est-il pas dans le simple récit de tant
d'exploits qui ne datent que d'hier et qui,
à cause de la grandeur de l'entreprise et de
la distance des pays, ont l'air d'appartenir
aux âges fabuleux de l'antiquité? J'espère
donc, qu'on pardonnera quelque chose au
poète, en faveur du citoyen qui, admirateur
du génie et de l'héroïsme, vient humblement déposer une feuille de laurier sur l'autel où resplendissent les immortelles images
de Napoléon et de la Grande-Armée.

CHANT PREMIER.

ARGUMENT.

Invocation à la France. — Plaintes de la Liberté. — Napoléon annonce le projet de la guerre de Russie. — Armement. — Revue dans la cour du Carrousel. — Le Roi de Rome. — Départ.

NAPOLÉON EN RUSSIE.

CHANT PREMIER.

 Le Départ.

O France ! comme toi quelle autre nation

A le droit d'entonner un chœur d'ovation?

Quelle autre aurait conduit ce grand char de batailles,

Qui, franchissant les monts ou forçant les murailles,

Parti de Tolbiac, vole à Poitiers, accourt

Des plaines de Bovine au pont de Taillebourg,

S'élance à la croisade et sous un toit de chaume

Vient prendre Jeanne-d'Arc pour sauver le royaume,

Traverse Marignan, Cérisoles, Rocroi,

Suit Villars à Denain, Maurice à Fontenoi,

De Cadix à Moskou des deux parts enveloppe

Le Nord et le Midi de la tremblante Europe,

Quand l'aigle impérial achève son travail,

Des hauteurs du Kremlin descend à Montmirail,

Et, trompant de l'Anglais l'espérance jalouse,

S'arrête encor vainqueur sous les murs de Toulouse ?

Tes triomphes récens n'ont-ils pas effacé

L'éclat dont resplendit ton glorieux passé ?

Ces braves grenadiers à la taille homérique,

Ces Hercules nouveaux d'une fable historique

N'ont-ils pas dans vingt ans conquis plus de lauriers

Que leurs nobles aïeux en des siècles entiers ?

Oui, la voix du canon, héraut de la victoire,

Autour de mon berceau fit résonner ta gloire,

Et le premier regard de mes yeux enfantins

Épela l'alphabet dans ces grands bulletins

Qui publiaient, au loin semant ta renommée,

Qu'un jour t'avait suffi pour détruire une armée.

Puis, lorsque les deux bras tout chargés de drapeaux,

Tu revenais t'asseoir dans un puissant repos,

Ta parole érigeait ce monument sublime

Dont le bronze ennemi de la base à la cime

S'élève entrelacé de tes lauriers cueillis

Aux plaines d'Iéna, de Wagram, d'Austerlitz.

Je palpitais d'orgueil, et si, trop jeune encore,

Dans les rangs où marchait l'enseigne tricolore,

Je n'ai pas combattu, de la voix et du cœur

J'applaudissais, enfant, tout un peuple vainqueur.

Napoléon régnait... quel esprit de démence

Tout-à-coup s'empara de ce génie immense,

Et, le précipitant du faîte des grandeurs,

Du soleil de l'empire éteignit les splendeurs?

Quand le sort, ébranlant son trône militaire,

L'envoya se heurter aux bornes de la terre,

Je trempais de mes pleurs les récits meurtriers [1]

De ces combats du Nord qui voyaient nos guerriers,

Vaincus des élémens dans l'âpre Moskovie,

Ne céder qu'aux frimas le triomphe et la vie.

Fier de les admirer, que ne puis-je en mes vers

Atteindre la hauteur où monta leur revers!

Vieux chantre d'Ionie, Homère! ô mon poète!

De la Muse guerrière ô sublime interprète,

Inspire moi! je vais célébrer ces combats,

Ces exploits merveilleux, ces épiques trépas,

Iliade française en grands héros fertile,

Ney, l'émule d'Ajax, Murat, l'égal d'Achille,

Et ce chef, ou plutôt ce Jupiter des rois,

Qui, de la Renommée occupant les cent voix

Du haut de son Olympe en leur base profonde
Ebranlait d'un coup-d'œil et la France et le monde.

⋙⊛⋘

C'était aux jours brillans où l'empire français
Pliait sous le fardeau de ses vastes succès,
Où, du Tage à l'Oder, sur chaque citadelle
La victoire arborait son étendard fidèle.
Vers un lit de lauriers la fille des Césars
Suivit Napoléon, et, charmant leurs regards,
Dans ce royal berceau l'héritier du grand homme
Pour son premier hochet prend le sceptre de Rome.
Des deux tiers de l'Europe arbitre tout-puissant,
L'Empereur est heureux, l'empire est florissant.
Mais parmi ces concerts de victoire et de fête,
Dans ce triomphe, hélas! déplorant sa défaite,
Le front voilé de deuil, la pâle Liberté
Contemple en soupirant son autel déserté,

Depuis que, fils rebelle armé contre sa mère,

L'ambitieux héros du drame de Brumaire [2]

Soumit, dans le Conseil par la force dissous,

Au caprice d'un seul la volonté de tous.

« O douleur! se dit-elle, on me fuit! on m'oublie!

» Au prix de tant d'efforts un moment établie,

» Ma puissance succombe et, traître à mon parti,

» Des rangs républicains un despote est sorti!

» Le casque sur son front dégénère en couronne,

» Et, par moi soutenu, c'est lui qui me détrône!

» Je l'aimais général, je le hais empereur;

» En vain, des factions arrêtant la fureur,

» Dans les flots de sa gloire il en noya la honte;

» Pour m'abaisser toujours, son pouvoir toujours monte

» Vengeons-nous! mais comment? des complots! un tré

» Non; le Français est brave, il n'assassine pas.

» L'autel du despotisme attend son hécatombe.

» Par la guerre élevé, par la guerre qu'il tombe!

» Unis sous mon drapeau, que les rois absolus

» Combattent une fois en ne m'attaquant plus !

» Des bords de la Newa que jusqu'aux bords du Tibre,

» Des états ébranlés pour rasseoir l'équilibre,

» La vengeance se lève et que le genre humain

» Ressaisisse ses droits une épée à la main !

» Le génie est des cieux le plus beau privilége ;

» Mais quand, des nations oppresseur sacrilége,

» Tel qu'un astre sanglant sur leur tête il a lui,

» L'appui du bras divin se retire de lui ;

» L'Eternel qui d'abord aimait à le conduire,

» L'envoya pour sauver et non pas pour détruire. »

Alors l'esprit guerrier dont les feux dévorans

Embrasèrent le cœur des princes conquérans,

Brûle Napoléon, et dans son sein augmente

Cette ardeur de combats qui toujours y fermente ;

De ses conseils fougueux sans trève il le poursuit,

Et dans son court sommeil le héros, chaque nuit,

Croit voir la nation, héritière des Slaves,

Ployer un front captif sous la main de ses braves.

Aux rêves de sa couche arraché brusquement,

Dans le muet travail d'un long enfantement,

Solitaire, il médite, et sa tête inclinée

Semble de l'univers porter la destinée,

Tandis qu'à la lueur d'un nocturne flambeau,

Devant lui de l'Europe étalant le tableau,

La carte se déploie et sur ses plis mobiles

Déroule les états, les fleuves et les villes,

Que le guerrier, du sort crédule confident,

Marque d'un doigt jaloux, couve d'un œil ardent.

Pour tracer à ses camps leur marche triomphale,

Le compas des cités mesure l'intervalle,

Et sa pointe acérée est comme un fer vainqueur

Qui déjà les atteint et leur perce le cœur.

Ses aigles qu'en espoir la victoire accompagne,

S'élancent de Paris, franchissent l'Allemagne,

Passent le Niémen, et des murs de Moskou,

Avec la clé du pôle attachée à leur cou,

Dans leur soif d'envahir que rien ne rassasie,

Courent se réchauffer au soleil de l'Asie.

Il s'enflamme, il s'agite : « Allons ! plus de délais !

» Partons, et que l'honneur m'arrache à ce palais !

» A moi l'appel joyeux du tambour, des cymbales,

» Le cliquetis du fer, le sifflement des balles,

» La guerre, le triomphe et, de sang tout couverts,

» Des bulletins datés du fond de l'univers !

» Qu'au seul bruit de mes pas le monde encor tressaille !

» Mon trône le plus beau, c'est un champ de bataille. »

L'Empereur, animé d'un martial transport,

S'exalte ainsi qu'aux jours où, provoquant le sort,

D'un songe ambitieux sa jeunesse occupée

Rêvait une couronne au bout de son épée.

Tant qu'il lui reste à faire, il n'a rien fait encor;

Ce trône, ces lambris ornés de pourpre et d'or,

De ces rois courtisans la foule adulatrice,

Cette couche où monta la jeune impératrice,

Ces arcs triomphateurs jusqu'au ciel élevés,

Ces autres monumens, chefs-d'œuvre inachevés,

La cité souveraine où la gloire contemple

Les dépouilles du monde accourant dans son temple,

Rien ne l'arrête; il va sur des coups incertains

Par un nouveau défi jouer ses grands destins,

Et l'échiquier fatal qui tente son envie,

Recevra pour enjeu sa couronne et sa vie.

❖

Des princes de l'empire un conseil appelé

Se rassemble; trois fois le tambour a roulé;

Un bruit d'armes frémit ; l'Empereur va paraître ;

D'un pas rapide il entre, et, saluant en maître,

S'assied comme absorbé dans un profond dessein,

Puis, relevant son front qui penchait vers son sein :

« Défenseurs de l'état, si ma main protectrice,

» En retenant la France au bord du précipice,

» Détrôna l'anarchie, et d'exploits en exploits

» Rendit à Dieu son culte et leur respect aux lois,

» Je règne ; désormais ma tâche est plus facile.

» La victoire, toujours à mon appel docile,

» Unit, pour ombrager le berceau de mon fils,

» Les lauriers de Wagram aux palmes de Memphis.

» Le léopard anglais contre l'aigle française

» Seul encor se redresse ; il rugit : qu'il se taise !

» Poursuivons le partout pour le frapper à mort !

» S'il nous échappe au Sud, cherchons le dans le Nord.

» Là, sa foudre à la main, que la France l'écrase !

» Alexandre nous brave ! un insolent ukase [3]

» D'un peuple de marchands accueillant les trésors,

» De ses lointains états leur ouvre tous les ports.

» Au pacte du blocus le voilà donc parjure !

» Et d'un œil patient je verrais cette injure !

» C'est peu : de mes décrets affectant le mépris,

» Du duché d'Oldenbourg il réclame le prix,

» Et jusqu'en mon palais une note exigeante

» M'apporte du combat la menace outrageante !

» Puisque de nos traités il a rompu la foi,

» Que le glaive vengeur lui réponde pour moi,

» Et de son vain orgueil dissipant le fantôme,

» De la carte du monde efface son royaume ! »

Un murmure flatteur succède à ce discours,

Mais une voix : « Ainsi nous combattrons toujours !

» La France resterait sans chef et sans armée !

» Qui donc la défendra ? Sire ! — Ma renommée.

» L'état?—C'est l'Empereur.—Vos jours?—Ils sont écrits.

» Dans mon camp à Moskou, sur mon trône à Paris,

» Je mourrai, quand mon heure enfin sera venue;

» Mais le ciel me remplit d'une force inconnue.

» Prince né de moi seul, je n'ai pas tout dompté :

» Il faut me soutenir comme je suis monté ,

» Par la gloire. Marchons ! m'arrêter, c'est descendre.

» Marchons, tant qu'appuyée au trône d'Alexandre,

» La punique Albion, maîtresse de la mer,

» Prodiguera son or pour combattre mon fer.

» C'est à force d'exploits qu'un empire se fonde.

» N'ayons de point d'arrêt que les bornes du monde.

» Du sceptre européen pour contenir le poids,

» Ma main est assez large et, roi de tous les rois,

» Je ne dois contempler au-dessus de ma tête

» Que ce Dieu qui, parmi la nuit de la tempête,

» Envoya mon génie, astre victorieux ,

» A la terre ébranlée annoncer d'autres cieux.

» Courons d'un monde usé renouveler la face.

» Que des princes déchus la mémoire s'efface

» Devant les royautés qu'improvise en passant

» Ce bras, soutien du faible et terreur du puissant,

» Et notre dynastie, éclose de la veille,

» Des races de l'Europe est demain la plus vieille.

» La gloire de mon nom ne peut monter plus haut ;

» Si je combats encor, c'est la paix qu'il me faut,

» Une paix honorable, et si bien cimentée

» Que partout, moi vivant, elle soit respectée.

» Je veux qu'on dise un jour : Napoléon premier

» A conquis l'univers pour le pacifier. »

Il se tait ; captivé par sa voix souveraine

Dont le charme séduit, dont le pouvoir entraîne,

Le Conseil applaudit et ne soupçonne pas

Le gouffre que le Nord va creuser sous ses pas.

Envahir la Russie et dans sa métropole

S'asseoir, géant vainqueur, sur les glaces du pôle,

Voilà le but hardi qu'il cherche aveuglément;

Des arrêts éternels périssable instrument,

Plus il croit s'élever, plus il descendra vite

Dans l'abîme de gloire où Dieu le précipite.

>⊛<

Noirs présages, fuyez! un solennel décret

D'un nouvel armement a commandé l'apprêt.

Par un mot de son chef la France électrisée,

La France qui semblait de héros épuisée,

Comme aux temps fabuleux, du creux de ses sillons

Voit jaillir par milliers de jeunes bataillons.

L'étendard polonais à nos drapeaux s'allie.

Tyrol, Saxe, Bavière, Allemagne, Italie,

L'Autriche que l'hymen à la France enchaîna,

La Prusse où de Rosbach s'est vengée Iéna,

Ces peuples qui de Naple aiment le doux rivage
Et ceux dont les cités se baignent dans le Tage,
Monarques et sujets , tout marche, tout s'émeut ;
Le monde entier s'ébranle, un seul homme le veut ,
Et cette volonté qui brise les obstacles ,
Enfante, en se jouant, de faciles miracles.

⚜

Lorsque du grand départ il a fixé le jour ,
Le Carrousel, ouvrant l'enceinte de sa cour ,
Y reçoit les guerriers, digne orgueil de la France,
Chers à ses souvenirs, chers à son espérance,
Tous ces conscrits nouveaux qui près des vétérans
A leur premier combat iront prendre leurs rangs ,
Ces savans artilleurs, ces hussards intrépides ,
Ces lanciers orgueilleux de leurs coursiers rapides,
Cet agile chasseur, ce pesant cuirassier
Opposant à la mort sa poitrine d'acier ,

Le dragon, le vélite, et cette vieille Garde

Dont le bandeau des rois redoute la cocarde.

Leur chef les connaît tous, ces soldats courageux

Que les plaines d'Eylau dans leurs sillons neigeux,

Les Alpes sur leurs rocs, l'Egypte dans ses sables,

Virent graver au loin des pas ineffaçables.

Tels que d'une forêt les ombrages mouvans,

Leurs plumets agités flottent au gré des vents,

Et ces mousquets égaux allongés sur trois lignes,

Ces habits où l'honneur attache ses insignes,

Ces chevrons éclatans, ces fronts cicatrisés

Que du sang ennemi les flots ont baptisés,

Ces aigles, ces canons, ces drapeaux où s'étale

D'une triple couleur l'union triomphale,

Tout brille coloré des feux de ce soleil,

Qui, d'un si beau spectacle admirant l'appareil,

Fidèle au souverain, élu de la victoire,

S'applaudit d'assister aux fêtes de sa gloire.

Sur l'astre du génie aucun nuage obscur

Ne se projette encore, et dans un ciel d'azur

Que nul sombre revers ne couvrit de son voile,

Le grand homme toujours contemple son étoile. [4]

＊❋＊

Parmi ces généraux, ces princes et ces rois,

Qui, chargés de rubans, étincelans de croix,

De leurs fronts belliqueux que la gloire environne,

Elèvent le panache ou montrent la couronne,

Un chef, reconnaissable à son chapeau guerrier,

Simple en ses vêtemens, conduit un blanc coursier.

Il paraît.... Ces regards qui de leur vive flamme,

Allument les rayons au flambeau de son âme,

Ce large front d'où part comme d'un arsenal

De ses coups imprévus le foudroyant signal,

Cette face romaine où, commandant la crainte,

Le souverain pouvoir a gravé son empreinte,

Ces gestes, cette voix... c'est le héros, c'est lui,

C'est lui, des nations la terreur ou l'appui,

C'est la gloire de tous sur un seul amassée,

C'est d'un siècle nouveau la vivante pensée,

C'est l'Empereur... il marche, et chaque régiment

Mêle au bruit du tambour un cri de dévouement.

Puis, il s'arrête et voit défiler son armée,

D'un mouvement précis en colonnes formée,

Au pied du pavillon où d'instans en instans

L'horloge dans les airs marque le vol du temps,

Et, frappant les soldats de sa voix solennelle,

Semble déjà pour eux sonner l'heure éternelle.

Oh ! combien vont partir qui ne reviendront pas !

Mais ces graves accens, présage de trépas,

Se perdent étouffés dans l'ivresse qu'inspire

L'hymne guerrier qui veille au salut de l'empire.

⋙⊛⋘

Quel est d'abord ce roi qu'un généreux élan

A ravi pour l'honneur aux loisirs de Milan?

C'est Eugène; sa gloire, à deux peuples si chère,

Donne un fils à la France, à l'Italie un père.

Compagnon du héros qui daigna l'adopter,

De triomphe en triomphe on l'a vu l'escorter,

Et, fidèle au géant de la grande épopée,

Il portera pour lui son dernier coup d'épée.

❊

Quel autre?... c'est Murat. Son cheval a frémi,

Prêt à courir soudain contre quelque ennemi.

Son sabre aventurier en lueurs flamboyantes

S'agite; sur son front des plumes ondoyantes

Voltigent au soleil; de son manteau flottant

Les vents ont caressé le velours éclatant;

Mais le cœur d'un héros n'a pas cessé de battre

Sous ces pompeux habits, parure de théâtre.

Souvent, au premier rang, imprudent cavalier,

Il offre à tout un peuple un combat singulier,

Et, toujours du péril sollicitant le poste,

Semble un des paladins chantés par l'Arioste,

Après, marchent Junot dont le front jeune encor

Rayonne couronné des palmes du Thabor;

Oudinot qui, couvert de nobles meurtrissures,

Comme autant de chevrons étale ses blessures;

Ney qui, sage au Conseil et fougueux au combat,

Joint le sang-froid du chef à l'ardeur du soldat,

Et s'élevant toujours, d'un titre plus illustre

Au beau nom d'Elchingen ajoutera le lustre;

L'impassible Davoust, ce Fabius français

Qui, pour mieux l'affermir, diffère le succès;

Macdonald et Duroc, heureux de reconnaître

Les accens d'un ami dans la voix de son maître;

Lobau que l'Empereur appelle son lion,

Et Trévise qui semble un vivant bastion.

❧❀❧

De l'astre impérial fidèle satellite,

De princes et de ducs quelle imposante élite

Accourt ! on voit briller dans l'éclair de leurs yeux

De leurs récens exploits un reflet radieux.

Des plaines d'Austerlitz aux bords de la Calabre

Tous ont gagné leur titre à la pointe du sabre ;

Ce titre est né d'hier ; il est déjà partout ;

Débris de cent combats, leur gloire encor debout

Plane sur l'univers, et lassant la victoire,

Ils vont recommencer leur belliqueuse histoire !

Par l'honneur entraînés vers de nouveaux périls,

Aux douceurs de la paix pourquoi s'arrachent-ils ?

De nos aigles vaincus faut-il venger l'offense ?

Faut-il de la frontière embrasser la défense ?

Non. Des murs de Cadix aux confins d'Arkhangel

Un conquérant poursuit le sceptre universel;

Mais telle est envers lui leur sainte idolâtrie

Que dans un homme seul ils placent la patrie,

Et que ce chef trop grand pour les rendre jaloux,

Couronne leurs exploits en les écrasant tous.

⁂

Napoléon, les bras croisés sur sa poitrine,

D'un regard curieux ardemment examine

Tous ces vieux grenadiers, illustres compagnons,

Dont il sait les hauts faits et répète les noms.

Il les voit, aux accords d'une mâle musique,

Mesurer de leurs pas la marche symétrique,

Et jusque dans son cœur de ces fougueux conscrits

Comme un plus doux concert retentissent les cris.

Hélas ! au même instant quelque femme éperdue,

Aux grilles de la cour peut-être suspendue,

De sa voix, de ses yeux, de ses bras maternels

Envoyait à son fils des adieux éternels,

Et l'ange des combats, plein d'une joie amère,

Souriait tristement aux larmes d'une mère !

❧❀❧

De la longue revue impatient témoin,

L'Empereur satisfait a reconnu de loin

Cet enfant qui, bercé par l'amour de la terre,

Grandira sous l'abri du nom héréditaire.

Devant tous ces soldats qu'il n'a point vus encor,

Nouvel Astyanax effrayé par Hector,

Il ne se cache pas au sein de sa nourrice ;

Le terrible appareil dont la cour se hérisse,

Le choc du fer, le bruit du tambour, du clairon,

Le galop des coursiers mordus de l'éperon,

Les casques déployant leur crinière mouvante,

Loin de troubler son cœur d'une vague épouvante,

Charment le roi de Rome, et, quand la foudre luit,

Aiglon né dans l'orage, il en aime le bruit.

De son père en ses yeux le regard déjà brille.

Parmi tant de héros, son immense famille,

Peut-il donc pressentir par un instinct d'effroi

Quel avenir l'attend, ô France! loin de toi?

L'Empereur d'une vue orgueilleuse et charmée

Admire tour-à-tour son fils et son armée,

Et trouve assez de place en son cœur triomphant

Pour l'empire du monde et l'amour d'un enfant.

Quand de tous les guerriers dont la foule l'entoure,

Les drapeaux ont reçu le serment de bravoure,

Joyeux, il se retire, et dès le lendemain

Ses chars bruyans du Nord ébranlent le chemin.

Sa marche est une fête à travers ses provinces.

Un monde de soldats, des maréchaux, des princes [5],

La chaleur du printemps et les splendeurs du jour

Escortent son départ... Quel sera son retour?

CHANT SECOND.

CHANT SECOND.

Dresde ! lève ton front, pavoise tes murailles !

Car l'homme du destin et le Dieu des batailles

Arrive, accompagné comme un triomphateur,

Des flots respectueux d'un peuple adulateur.

Les villes, lui dressant des arches de verdure,

Offrent des deux côtés pour vivante bordure

Nobles et paysans qui, lui battant des mains,

Affamés de sa vue, encombrent les chemins.

Leur ardente pensée, amante des prodiges,

S'enflamme, et du génie adorant les prestiges,

Tous volent sur sa trace, humblement orgueilleux

D'admirer de si près un être merveilleux:

Son image en leurs cœurs se grave tout entière,

Et l'un dans le palais, l'autre dans la chaumière,

Un jour, de ses exploits prolongeant les récits,

Diront à leurs enfans de surprise indécis :

J'ai vu Napoléon... et l'avide auditoire

N'osera plus nier sa fabuleuse histoire.

⁂

Mais l'heure des combats approche; en ses remparts,

Rendez-vous animé des plaisirs et des arts,

Dresde interrompt le cours de ces jeux magnifiques

Qui charment du héros les loisirs pacifiques;

Lorsque, nouveau spectacle offert aux spectateurs,

Un parterre de rois applaudit ses acteurs[1].

Plus de malheurs fictifs, de drame imaginaire !

C'est un drame réel, un drame sanguinaire

Qui, de son premier acte à son dernier instant,

Tiendra dans la terreur l'univers haletant.

Elles ne brillent plus ces nuits resplendissantes,

Où des femmes, de grâce et d'attraits ravissantes,

Par leur danse légère et leurs tendres accords

De nos guerriers séduits excitaient les transports.

Leurs concerts désormais, c'est le choc de l'épée !

Une journée entière au carnage occupée,

Voilà leur seule fête et, pour lit de repos,

Ils n'auront au bivac que de sanglans drapeaux !

※

Alors Napoléon se déclare, et la terre

Écoute en frissonnant l'annonce de la guerre.

3

« Soldats ! l'honneur parlait, vous l'avez entendu.

» Le cours de nos exploits, quelque temps suspendu,

» Recommence plus vaste et la journée arrive

» Qui va du Niémen nous soumettre la rive.

» Contre nous Alexandre, au mépris des traités,

» Fait marcher des soldats ! et par eux arrêtés,

» Nous subirions la paix, condamnant nos bannières

» A repasser du Rhin les honteuses frontières !

» Entre le déshonneur et la guerre placés,

» Nous choisissons la guerre... Il nous a menacés...

» Que bientôt, châtiant ses paroles hautaines,

» Nos canons par delà les flots du Borysthènes

» Rejettent l'insolent et montrent les Français

» Toujours prêts à le vaincre, à lui céder, jamais !

» Dans leur repaire obscur refoulons ces barbares,

» Ces descendans grossiers d'un ramas de Tartares,

» Qui peut-être après nous, sauvages conquérans,

» Sur les champs du Midi rouleraient leurs torrens.

» Arrachons là Pologne au knout du Moskovite,

» Et soumis au destin, que nul mortel n'évite,

» Qu'Alexandre, vaincu par la fatalité,

» De son trône d'un jour tombe déshérité !

» Quel butin passera de ses mains dans les vôtres !

» Des trésors pour les uns, des sceptres pour les autres,

» De la gloire pour tous ! suivez-moi ! quand nos fronts

» Brilleront couronnés de leurs derniers fleurons ,

» La France posera sa tête triomphante

» A l'ombre de la paix que la victoire enfante.

» Encore une campagne ! et tous les nouveaux rois,

» D'un coup de mon épée investis de leurs droits ,

» Formeront, bénissant l'astre qui les protége ,

» Autour de mon étoile un immense cortége. »

❊

Comme au bruit précurseur du réveil des volcans,

Le sol tremble ébranlé du tumulte des camps,

Quel ordre fait mouvoir et quelle ardeur enflamme

Ce corps vaste et puissant dont un seul chef est l'âme!

Tous les princes, vassaux d'un si grand suzerain,

Courtisans belliqueux, de la Baltique au Rhin

Marchent, fiers d'incliner aux yeux de son armée

Leurs vieux sceptres devant sa jeune renommée.

Sont-ce là ces guerriers qui bientôt...? La terreur

Précède encor leurs pas ; le soldat empereur

Les compte avec orgueil et savamment combine

Ses plans que du génie un rayon illumine.

Macdonald de Dantzick occupe les abords ;

Eugène à Pilony protège d'autres bords ;

La masse de l'armée au centre est établie,

Tandis que Schwartzemberg, le roi de Westphalie

De leurs peuples amis divisés en deux parts

A sa droite, à sa gauche, étendent les remparts.

A tant d'apprêts guerriers Napoléon préside.

Kœnisberg, Thorn, Posen dans sa marche rapide

L'ont vu des ouvriers animer le travail
Et rabaisser parfois au plus humble détail
Les sublimes pensers d'une tête féconde
Que le destin moula pour contenir le monde.
Il se hâte et voudrait, vainqueur inattendu,
Foudroyer d'un seul choc l'ennemi confondu.

＊＊＊

Depuis le jour fameux où, dans Tilsitt naguère
Deux Empereurs rivaux ont désarmé la guerre,
Pacifique témoin d'un fraternel serment,
L'antique Niémen coulait tranquillement,
Quand paraît le guerrier dont le drapeau voyage
Un jour vers le Danube, un autre vers le Tage,
Le conquérant du Tibre et le vainqueur du Nil,
Napoléon. Le fleuve hésite… osera-t-il,
Soulevant le courroux d'une onde vengeresse,
Engloutir le géant qui devant lui se dresse?

Quoique du bronze encor la voix n'ait pas tonné,

Ebloui de sa gloire, il s'arrête étonné,

Et de trois ponts français prêt à subir l'outrage,

Recule, frémissant d'une impuissante rage.

Sous l'abri des forêts, dans le creux des vallons,

Jusqu'au fleuve ennemi nos hardis bataillons

S'avancent. Des hauteurs où repose sa tente,

L'Empereur, irrité par une nuit d'attente,

Vers la conquête, objet d'un avide désir,

Semble étendre une main ardente à la saisir.

Quelques sapeurs, qu'emporte une barque légère,

Sont descendus déjà sur la rive étrangère,

Et trois cents voltigeurs, à leur tour élancés,

Vont partager des ponts les travaux commencés.

Tout s'apprête en silence et dans l'ombre s'achève.

Quel spectacle imposant, quand le soleil se lève,

Et colore les monts d'où tant de fiers guerriers,

Poussant des cris joyeux, agitant leurs cimiers,

Plantent contre les bords que leur nombre épouvante,

D'étendards menaçans une forêt vivante !

Là brillent nos dragons aux casques chevelus,

Les soldats de la Garde et leurs bonnets velus,

Le shako polonais et des fils du prophète

Le turban radieux comme en un jour de fête.

Car l'aigle rassembla des bouts de l'univers

Sous un même drapeau tous ces peuples divers,

De soldats et de rois héroïque assemblage,

A qui l'honneur français ne parle qu'un langage.

Par une courte plaine on voit se diriger,

Tantôt se rétrécir et tantôt s'allonger

Leur masse qui, formant une triple colonne,

Sur trois rangs séparés à l'envi s'échelonne,

Comme d'argent et d'or un fleuve éblouissant,

Divisant en trois bras son cours retentissant,

Superbe, précipite au sein des mers profondes
L'audacieux tribut de ses fougueuses ondes.

❧

De tous ces cavaliers, de tous ces fantassins
Quels intrépides chefs conduisent les essaims ?
C'est Murat, c'est Junot, c'est Davoust, c'est Bessière,
Orgueilleux de les voir, pour franchir la frontière,
Les armes à la main, dans leurs jaloux débats,
Se disputer entre eux l'honneur du premier pas.
Tandis que l'Empereur, immobile, encourage
Du geste et de la voix leur rapide passage,
Tous, en le saluant, défilent près de lui
Et leurs sabres levés dans les airs ont relui.
Le héros leur sourit ; pourtant, malgré sa joie,
Un deuil anticipé dans ses traits se déploie.
De la fatalité le signe menaçant
S'imprime-t-il déjà sur son front pâlissant ?

Prévoit-il qu'épuisé d'une constante lutte,

De bataille en bataille il courra vers sa chute?

La veille, jusqu'au fleuve arrivé le premier [2],

Abattu sous les pas de son ardent coursier,

Il roula sur la grêve, et d'un sinistre augure

Le souvenir peut-être assombrit sa figure.

Le morne aspect des lieux, et la chaleur du jour,

Tout l'accable; son œil ne découvre à l'entour

Qu'un océan de sable et des plaines désertes

De sauvages forêts lugubrement couvertes.

Contre lui la nature arme ses élémens;

La terre a tressailli de longs ébranlemens;

Le soleil de son disque a voilé la lumière;

Un vent de flamme au loin disperse la poussière.

D'étouffantes vapeurs et de nuages lourds

Un groupe se condense, et des roulemens sourds,

Poursuivant nos soldats, font mugir sur leurs têtes

Le céleste arsenal qui forge les tempêtes.

O prodige ! l'orage, en un point ramassé,

N'envahit que l'espace où le camp est placé.

Ailleurs le ciel est pur ; ici gronde la foudre.

Quand sa voix retentit, est-ce donc pour absoudre ?

Non, c'est pour condamner ; son tonnerre à la main,

L'éternel défenseur des droits du genre humain

Veut-il fortifier cette vieille contrée

Par un rempart de feu qui ferme son entrée ?

☞◉☜

Seul d'abord, et bientôt de sa Garde escorté,

L'Empereur inquiet vers Kowno s'est porté.

D'un pont dont l'ennemi rompit la dernière arche,

L'absence arrêterait Oudinot dans sa marche,

Et, de la Vilia pour traverser le cours,

Son ordre lui prépare un prévoyant secours.

L'escadron polonais qui de sonder le fleuve

Accepte hardiment la périlleuse épreuve,

Y descend ; tout-à-coup sous les pieds des chevaux

Le sable se dérobe ; ils nagent, mais des eaux

Le gouffre impétueux les saisit, les entraîne ;

Les cavaliers, luttant contre une mort certaine,

Fiers d'expirer aux yeux du guerrier protecteur

Que la Pologne suit comme un libérateur,

Dressent vers lui la tête, et l'onde qui tournoie

Engloutit sans pitié son héroïque proie.

Mais leur bouche, des flots dominant la fureur,

Redit : Gloire à la France et vive l'Empereur !

Bien qu'ils aient disparu, sous la vague sonore

Leurs accens étouffés retentissent encore.

Trépas digne à la fois d'orgueil et de regret,

Que, muette d'horreur, notre armée admirait !

Noble Pologne ! ainsi ton héroïsme éclate,

Et la France n'aura qu'une mémoire ingrate !

Au lieu de t'affranchir, quand pour elle tu meurs,

Dédaignant de tes fils les plaintives clameurs,

Comme le prix du sang qu'à grands flots tu lui donnes,

Elle ne t'enverra que de vaines aumônes !

Ah ! si Napoléon eût dit un mot, un seul,

Changeant en étendard ton funèbre linceul,

Tu renaissais plus belle, et la Lithuanie,

Contre un joug despotique avec toi réunie,

Répondait toute armée au cri de liberté

Qu'à l'aspect des Français Varsovie a jeté.

Mânes des Casimir, pleurez votre royaume !

Il n'en survivra pas même un dernier fantôme.

Et toi, Poniatowski, que ton courage altier

Du trône polonais fait le digne héritier,

Au rang de ses soldats l'Empereur qui t'élève,

Te refuse ton sceptre en employant ton glaive.

Ne songeant qu'à détruire et non pas à fonder,

Des canons ennemis qui tardent à gronder,

Il appelle le bruit, et son aigle demande

Des flots d'un sang barbare une première offrande.

Du carnage envié l'espoir toujours trompeur

S'échappe... l'étranger, que disperse la peur,

Voudrait-il, de la guerre évitant le prélude,

Toujours entre deux camps placer la solitude?

Où sont ses combattans, ses chefs et ses boyards?

Tout un peuple n'est-il qu'un ramas de fuyards?

Pourtant au fond d'un bois où, cherchant un passage,

De nos braves hussards un escadron s'engage,

La garde russe attend et sur nos cavaliers

Précipite ses coups déchargés par milliers.

Là, malgré les efforts d'une valeur sublime,

Aux premiers rangs succombe une jeune victime,

Ségur, d'un nom illustre et l'honneur et l'appui;

Son frère au moins te reste, ô France! et grâce à lui,

La retraite, en malheurs mais en gloires fertile,

Aura son Xénophon pour chanter ses Dix mille.

Ces Russes, dont le fer nous poursuivra plus tard,

Reculent effrayés devant notre étendard.

Wilna voit dans ses murs empressés de se rendre

Napoléon camper où régnait Alexandre;

Alexandre à Dryssa, Bagration à Mir,

Barklay jusqu'à Vitepsk se hâtent de s'enfuir.

Le héros dans Vitepsk déposant cette épée

Qui fait saigner l'Europe en lambeaux découpée:

« Français! reposons-nous dans nos quartiers d'hiver;

» D'un côté la Duna, de l'autre, le Dniéper,

» Des pays que le sort pour butin nous assigne,

» Par leur double rempart fortifîront la ligne.

» Murat, Davoust, Eugène, à leur poste affermis,

» Maintiendront en respect nos tremblans ennemis.

» De la Russie entière à nos lois destinée

» Ajournons la conquête à la prochaine année. »

L'univers un moment respire sous vos coups,

Soldats! vous attendiez la paix.... détrompez-vous.

D'un seul jour de loisir Napoléon s'ennuie;

Tantôt son front rêveur sur les cartes s'appuie;

Tantôt ses yeux, tournés vers l'immense horizon,

De son étroit séjour veulent fuir la prison.

Lui que rien n'arrêtait, voilà donc qu'il s'arrête,

Lorsqu'il posait le pied au seuil de sa conquête!

Il part, mais nos guerriers dans ces rudes climats

Que le ciel va bientôt hérisser de frimas,

Du poids de la chaleur subissent la torture.

Extrême en son courroux, la marâtre nature,

Frappant le même sol, n'arrache de ses flancs

Que des hivers glacés et des étés brûlans.

Ces vainqueurs de l'Egypte à la figure mâle,

Que le soleil du Caire a brunis de son hâle,

En marchant vers le nord, s'étonnent de sentir

Les feux de l'équateur sur eux s'appesantir.

De leurs corps affaiblis la sueur abondante
Trempe leur uniforme, et d'une soif ardente
Leur gosier haletant s'irrite consumé;
L'active baïonnette ouvre un sable enflammé [3]
Et d'une eau limoneuse une indigente goutte
A peine rafraîchit le désert de la route.

Lorsque près de Smolensk nos drapeaux ont paru,
Barklay sous ses remparts soudain est accouru.
Joyeux d'apercevoir les phalanges nombreuses,
Qui de loin s'allongeant sur ces lignes poudreuses,
Aux clartés du soleil en reflets onduleux
De leurs armes d'acier disséminent les feux,
Napoléon frémit, frappe des mains, s'écrie:
« Les Russes sont à moi! Murat! d'Eckmül! d'Istrie!
» Nous combattrons! enfin! » Vain espoir! devant lui
Barklay s'éloigne encore et la bataille a fui.

Du moins une ennemie, à combattre forcée,

Par sa masse de pierre au sol même fixée,

Smolensk reste debout et ses créneaux puissans,

Immobile avant-garde, attendent menaçans.

Ney de la citadelle a commencé le siège,

Et contre les faubourgs que le Russe protège,

Lobau, Davoust, Murat unissent leurs efforts,

Tandis que du Dniéper en parcourant les bords,

Poniatowski, suivi de ses lanciers agiles,

Va détruire les ponts qui joignent les deux villes,

Entre les deux coteaux où le fleuve encaissé

Remplit l'étroit espace à ses ondes laissé.

Les régimens français à travers la mitraille

Qui vole des hauteurs de la grande muraille,

Sur un chemin ardu sèment, en s'avançant,

Une longue traînée et de morts et de sang.

Atteints d'un seul boulet, des rangs entiers succombent,

Et sous un même coup trente grenadiers tombent.

Du reste de l'armée à leur trépas hardi

Les cris ont répondu, les mains ont applaudi,

Et ce bruit qui se mêle au vol sifflant des balles,

Accompagne au tombeau leurs ombres triomphales.

La nuit couvre les cieux de ses voiles obscurs;

Le canon qui tonnait aligné sur les murs,

S'apaise; le feu cesse ou plutôt recommence,

D'abord faible lueur, puis, incendie immense.

Les vaincus pour trophée à leurs vainqueurs surpris

Ne laissent en partant que de fumans débris,

Un bivac au milieu de palais en ruine,

Des magasins détruits où hurle la famine,

Des squelettes humains par la flamme noircis,

Et pas un seul vivant sur des tombeaux assis.

❦

L'armée, envahissant sa conquête stérile,

De décombre en décombre avec ordre défile;

L'écho semble changer dans ces remparts déserts

La joyeuse fanfare en funèbres concerts.

Mais l'Empereur : « Eh bien ! nous triomphons encore.

» Barklay fuit sans combat ! Barklay se déshonore !

» Smolensk va nous ouvrir un plus vaste chemin.

» C'est la clé de Moskou que je tiens dans ma main.

» N'aurons-nous donc toujours d'ennemis que les flammes ?

» Tous ces hommes du Nord que sont-ils donc ? des femmes !

» Par le bruit du canon à la fuite excités,

» N'osant pas les défendre, ils brûlent leurs cités !

» Marchons et, renversant l'empire d'Alexandre,

» Balayons ses débris comme un monceau de cendre. »

⇒❋⇐

A sa voix, Ney s'élance, et maître du plateau

Qui de Valoutina surmonte le côteau,

Aux Russes fugitifs qu'il surprend au passage,

Oppose pour barrière un torrent de carnage.

Si dans ce champ, par eux nommé le champ sacré [4],

Le Polonais souvent succomba massacré,

La France à qui partout une palme est tendue,

Retrouve la victoire où d'autres l'ont perdue.

Mais dans l'armée éclate un désespoir soudain,

Et veuve d'un héros, elle pleure Gudin.

Smolensk ! pour recevoir sa dépouille mortelle,

Ouvre à ton ennemi ta vieille citadelle ;

Là que sous le linceul de sa gloire rempli

Dans la paix du triomphe il dorme enseveli.

Jaloux de le venger, un ami le remplace ;

Le fer de Gudin tombe et Gérard le ramasse.

Nos camps ne sont-ils pas un Panthéon guerrier

Où le glaive jamais ne manqua d'héritier ?

Ainsi le sceptre d'or, dans les chants homériques,

Immortel attribut des races héroïques,

Remonte d'âge en âge et d'aïeux en aïeux

Du dernier de leurs rois au premier de leurs dieux.

O siècle où, de l'honneur servant la sainte idole,

La France d'un héros adorait la parole!

Combien un seul grand homme a fait surgir d'exploits!

Prompt à distribuer des aigles et des croix,

Sur le champ du combat Napoléon dispense

A chaque régiment sa digne récompense.

De quel élan d'orgueil jusqu'au fond de leur cœur

Palpitent les soldats, quand de ce bras vainqueur

Sous qui marche la France et l'Europe s'incline,

Du prix de la valeur il pare leur poitrine,

Ou lorsqu'en leur parlant il adoucit la voix

Dont un mot a détruit et créé tant de rois!

Qu'ils sont fiers, par ses mains dotés d'un nouveau grade,

D'avoir pour bienfaiteur un ancien camarade,

Qui de son glaive seul, comme eux tous, soutenu,

N'est, soldat couronné, qu'un premier parvenu!

L'Empereur, à l'étroit dans cette immense arêne,

Cède au démon fatal qui vers Moskou l'entraîne;

Hors de Smolensk il veut arborer ses drapeaux;

Fatigué, comme lui, d'un moment de repos,

Murat, sur son coursier qui demande l'espace,

Le sabre nu, les yeux étincelans d'audace,

Crie: « En avant! marchons! cavaliers! à vos rangs!

» S'il faut un champ plus large à nos pas conquérans,

» Que, pour nous contenir, l'univers s'agrandisse,

» Et que notre Empereur toujours nous applaudisse! »

Le héros satisfait lui sourit du regard.

En vain ses maréchaux à ce fougueux départ

Opposent les déserts et de fange et de glace

Où des plus forts guerriers le courage se lasse,

Ces déserts où bientôt il les verra manquer

De pain pour se nourrir, de sol pour bivaquer,

Le typhus que des corps couchés sans sépulture

Enfante dans le camp l'exhalaison impure,

Un climat attristé par huit longs mois d'hiver,

Et ce peuple sauvage, hommes au cœur de fer,

Dont peut-être l'audace, au péril endurcie,

Terrassera la France au fond de la Russie.

Un langage prudent révolte son orgueil;

Son sang a circulé plus rapide; son œil,

Son œil d'aigle étincelle et sa main indignée,

S'emparant de son glaive, en froisse la poignée :

« Nous arrêter ! déjà ! Languir dans ces remparts,

» C'est flétrir nos drapeaux par de lâches retards.

» Qu'osez-vous proposer? vous, mes amis fidèles,

» Vous, de la grande-armée intrépides modèles,

» Vous, éprouvés long-temps sous le feu des boulets,

» Regrettez-vous ici vos femmes, vos palais,

» Le luxe de Paris et ses molles délices?

» Athlètes triomphans dans nos sanglantes lices,

» Donnez, donnez plutôt l'exemple de souffrir ;

» Nés au bivac, sachez, s'il le faut, y mourir.

» De quoi vous plaignez-vous ? mes aigles dans leur ser

» Rapportant un lambeau des sceptres de la terre,

» Au retour des combats, vous ont toujours jeté

» Votre lot de puissance et d'immortalité.

» Moissonnez, en courant, de nouveaux diadêmes,

» Et déjà grands par moi, soyez grands par vous – mê

» De glorieux destins nous restent à remplir ;

» Le sort de la Russie enfin va s'accomplir.

» La Pologne est conquise et notre heureux courage

» De deux ans dans deux mois exécute l'ouvrage.

» Achevons ! vers Moskou poursuivons nos succès !

» Que la ville des Tzars devienne un camp français,

» Et qu'en ses murs vaincus ma loi continentale

» De mes états du Nord fonde la capitale. »

Il dit ; huit jours après, notre armée arriva

Sur votre sol lointain, champs de la Moskowa !

Et de deux nations qui mesuraient leur taille

Les colosses guerriers s'y rangeaient en bataille.

CHANT TROISIÈME.

ARGUMENT.

Apprêts religieux et militaires dans le camp russe. — Discours de Kutusof. — Approche de l'armée française. — Querelle de Davoust et de Murat. — L'Empereur suspend devant sa tente le portrait du roi de Rome. — Ses exhortations aux soldats. — Description de la bataille de la Moskowa. — Napoléon visite le champ du combat. — L'armée se met en marche pour Moskou.

CHANT TROISIÈME.

La Moskowa.

« Aux armes, fils du Nord! aux armes, fils des braves !

» D'un ramas d'étrangers repoussons les entraves !

» Ils viennent, à la fois meurtriers et pillards,

» Égorger nos enfans, nos femmes, nos vieillards,

» De leurs trésors sacrés déshériter nos prêtres,

» Et souiller les autels où priaient nos ancêtres.

» C'est l'antéchrist, c'est lui qui vers nos régions [1]

» Des esprits infernaux conduit les légions.

» Que des bords du Volga jusqu'au pied du Caucase

» Toute la nation se dresse et les écrase !

» Paraissons et soudain leurs corps efféminés

» Sous nos bras réunis tombent exterminés,

» Et la fourche à trois dents les enlève de terre

» Comme le blé fragile ou la paille légère.

» Défendons le pays ; Dieu nous protégera.

» Aux armes ! à cheval ! à la bataille ! hourra ! »

Ainsi dans le camp russe en paroles farouches
La menace éclatait par cent vingt mille bouches.
Combattans enflammés d'unanimes transports,
Les uns de la Finlande ont déserté les ports,
D'autres, les monts Ourals, leur féconde patrie,
Ou les steppes glacés de l'âpre Tartarie ;

Les autres d'Astrakan habitaient le pays,

Les rivages d'Azof, les bords du Tanaïs,

Où des nombreux kosaks les sauvages peuplades

Font briller les éclairs de leurs lances nomades,

Et l'Ukraine, qui voit des bœufs et des coursiers

Les longs troupeaux bondir dans ses champs nourriciers.

Combien d'autres encor, Baskirs, Kalmoucks, Moldaves,

Hommes aux seins bombés, aux nez plats, aux teints hâves,

Les cheveux hérissés et l'œil étincelant,

Du fond de leur repaire accourent en hurlant!

Combien de paysans, milices redoutables,

Balançant dans leurs mains l'instrument des étables,

Escortent ces dragons qui, droits sur l'étrier,

Menacent l'ennemi de leur choc meurtrier,

Et ces lourds fantassins dont la paisible audace

Donne ou reçoit la mort, immobile à sa place!

Les voilà les soutiens de cet état puissant,

Colosse de granit qui, toujours grandissant,

Adossé contre un mur de glaces éternelles,

Cherche à baigner ses pieds aux flots des Dardanelles,

Marche la tête haute, et de ses mains touchant

L'Orient d'une part, de l'autre, le Couchant,

Des confins de la Prusse aux bornes de la Chine,

Sur un double univers majestueux domine !

Là se taisent les lois et retentit le knout.

Là le peuple n'est rien, l'Empereur seul est tout,

L'Empereur qui soumet au mors de l'esclavage

Ses sujets enchaînés dans leur force sauvage.

Lorsque tonne la guerre, ils n'arment point leurs bras

Pour une liberté qu'ils ne comprendraient pas.

La seule obéissance est leur patriotisme ;

Leur respect du devoir se change en fanatisme.

Au gré de l'autocrate orgueilleux de périr[2],

C'est le Ciel que leur mort espère conquérir.

Kutusof dont les traits et le costume austère
Gardent des anciens temps le grave caractère,
Exhorte ses guerriers ; il commande : à sa voix,
Portant dans tous les rangs les bannières, les croix,
Les popes révérés, les vieux archimandrites
Du culte paternel exécutent les rites,
Bénissent les drapeaux et de leurs vêtemens
Étalant à longs plis les pompeux ornemens,
Aux regards de l'armée, à ses fervens hommages
De la Vierge et des Saints exposent les images.
Dans les yeux des soldats brûlans d'un noble feu
Le désir de venger et leur prince et leur Dieu
Éclate et, du sommeil durant les courtes heures,
On dit que, descendu des célestes demeures,
Pierre-le-Grand, la nuit, fantôme belliqueux,
En leurs rêves ardens se dresse devant eux,
Excite leur vaillance à combattre, jalouse
D'arrêter dans sa course un autre Charles douze,

Leur remet à chacun une épée et s'en va

Leur jetant pour adieu le nom de Pultawa.

Cette image qui fuit, par l'aurore chassée,

Du tourment de la gloire agite leur pensée,

Et le vieux Kutusof dans leurs cœurs frémissans

Enfonce l'aiguillon de ces mâles accens :

➤❖❬

« Soldats ! demain luira la journée immortelle

» Qui doit ceindre nos fronts d'une splendeur nouvelle.

» Un ravageur d'états, un chef d'aventuriers

» Vient cueillir dans le sang de coupables lauriers.

» Ecrasons ce Moloch avec sa troupe immonde,

» Et brisons le fléau qui briserait le monde.

» Le glaive dans nos mains et la croix dans nos cœurs,

» Combattons ! Dieu le veut ! Dieu nous rendra vainqueurs.

» Repoussons, animés d'un courroux intrépide,

» D'insolens agresseurs une horde homicide.

» Frappons, exterminons ces impurs ennemis,

» Ces démons que l'enfer contre nous a vomis.

» De leur chef sous nos coups que le crime s'expie !

» Le ciel nous livrera ce destructeur impie,

» Comme hier dans sa chaîne au sommet de la tour[3],

» La croix du Grand-Ivan retenait un vautour.

» L'archange Saint Michel dans nos rangs va descendre.

» Si la voix des Français nous criait de nous rendre,

» La mort, la mort plutôt que leurs honteux pardons!

» La mort ou le triomphe ! armons-nous ! défendons

» La gloire du pays commise à notre garde,

» L'Empereur qui nous juge et Dieu qui nous regarde. »

L'acier contre l'acier dans l'air s'entrechoquant

De murmures confus fait retentir le camp ;

Du Russe, impatient de rencontrer sa proie,

Le barbare courroux vocifère la joie.

On dirait que déjà de ses sauvages cris

Il agite l'Europe et menace Paris,

Et qu'un bruit, comparable à la foudre qui tonne,

Sur sa base d'airain ébranle la colonne.

Plus tard... mais aujourd'hui les Français triomphans

Aux hurlemens guerriers que poussent tes enfans,

Répondent par leur marche, altière Moskovie !

De leurs grands souvenirs tu frémis poursuivie ;

Pour venir jusqu'à toi, leurs pas ont traversé

Les champs où fume encor ton sang par eux versé,

Et des morts de Fridland la poussière exhumée

Semble joncher la route où passe leur armée.

✣⊛✣

Toujours à l'avant-garde accourus les premiers,

Murat et ses dragons aux ondoyans cimiers,

Réduisant les Kosaks à fuir sans prendre haleine,

De leurs errans débris ont nettoyé la plaine.

Souvent seul hors des rangs se frayant un chemin,

Murat près d'eux s'arrête, un long sabre à la main,

D'un geste redouté leur impose le signe,

Et tous au même instant, prompts à briser leur ligne,

Se retirent, muets de surprise et d'effroi,

Devant leur ennemi comme devant un roi.

Mais que de fois l'erreur d'un zèle magnanime

L'expose à succomber, inutile victime!

Lorsqu'en vain à Davoust qui combat ses desseins,

Il demande l'appui de nouveaux fantassins :

« Eh quoi! dit-il, toujours à mes désirs contraire!

» Vous êtes bien prudent! —Et vous, bien téméraire!

» Vous perdez vos guerriers; je ménage les miens.

» —Oubliez-vous quel rang de l'Empereur je tiens?

» —Je songe à mon devoir.—Cédez ou mon courage

» Brûle de vous punir d'un refus qui m'outrage.

» —Un roi daigner se battre avec un maréchal!

» —Un roi d'abord soldat redevient votre égal.

» Marchons ! » De l'Empereur un geste les arrête,

Comme un signe de Dieu qui calme la tempête.

Murat, la haine au cœur et la rougeur au front,

Dans sa tente enfermé, dévore son affront ;

Tout son sang de colère et de honte bouillonne.

Ne pouvant la briser, il maudit sa couronne.

Davoust encor respire et, monarque impuissant,

Il ne se venge pas d'un mépris offensant !

Il saisit, il dépose, il ressaisit ses armes,

Et sur ses vêtemens roulent de grosses larmes.

Malheur aux ennemis ! Par quels terribles coups

Il va dans les combats décharger son courroux !

Jusqu'aux bords de la Gjatz Napoléon arrive ;

Il rêve en contemplant cette onde fugitive

Qui, mêlée au Volga, doit couler sous ses lois,

Porter à l'Orient le bruit de ses exploits,

Et peut-être indiquer à l'aigle impériale

D'un monde à conquérir la route martiale.

Sur un sol, de ravins, de bois entrecoupé,

Près de Borodino les Français ont campé,

Et de la Kologha qui lentement serpente

Leurs pas retentissans ont descendu la pente,

Quand soudain, à leurs yeux, sur un haut mamelon,

Formant de l'ennemi le premier échelon,

De canons hérissée, au flanc droit de la route

Se dresse, menaçante, une vaste redoute.

Compans, pour l'enlever, s'avance hardiment.

En colonne d'attaque un épais régiment

Se dispose, et de l'arme inventée à Bayonne

L'acier triangulaire en se croisant rayonne.

Par le bronze tonnant un moment protégé,

Ce rempart est conquis aussitôt qu'assiégé ;

Dans sa fumante enceinte on entre au pas de charge.

Ailleurs, se déployant sur un terrain plus large,

Les Polonais du fond des bois et des taillis

Chassent les artilleurs brusquement assaillis.

Alors, comme un rideau qui des jeux d'un spectacle

Dissimulait l'aspect par son mobile obstacle,

Se lève et développe aux avides regards

Dans ses lointains décors le prodige des arts :

L'horizon se dévoile et d'un coup-d'œil la vue

Du champ de la bataille embrasse l'étendue.

De hauteur en hauteur par un mouvement prompt

L'Empereur du camp russe a mesuré le front,

Et le verre fidèle, instrument qui seconde

L'élan d'une pensée en vastes plans féconde,

Interrogeant l'espace, amène sous ses yeux

Dans un point rétréci l'immensité des lieux ;

Il voit des ennemis les phalanges voisines

En un large hémicycle au sommet des collines,

Dominer les contours d'un terrain aplani,

De rivières bordé, de redoutes muni.

De leurs postes divers il observe la place .

Et son génie, armé de sagesse et d'audace,

D'un triomphe prochain méditant les secrets ,

Du sort à ses calculs asservit les décrets.

Fier du plan qu'il conçoit, d'espérance il tressaille ,

Et, se frappant le front, se dit : « J'ai ma bataille. »

Mais, toujours imitant un ramas de Kosaks ,

Les Russes fuiront-ils ? non, non ; de leurs bivacs

Les feux n'ont point pâli dans la nuit, et l'aurore

Auprès de leurs canons les voit debout encore.

D'un immense duel d'innombrables guerriers

Poursuivent, tout le jour, les apprêts meurtriers ;

Dans un profond silence ils préparent les armes

Qui demain, répondant à l'appel des alarmes,

Frapperont ces grands coups dont les ébranlemens

Font trembler les états dans leurs vieux fondemens.

Les élémens ainsi, la veille d'un orage,
Comme pour rassembler leur vigueur et leur rage,
Se taisent jusqu'à l'heure où des cieux et des flots
Un éclat de tonnerre interrompt le repos.

⊗

De tous les cœurs français pieuse idolatrie,
Le culte de l'honneur, l'amour de la patrie,
Le besoin d'envahir des climats inconnus
Enflamment ces héros qui, si loin parvenus,
Du Midi jusqu'au Nord sur leurs larges épaules
Du monde impérial soutiendront les deux pôles.
Orgueilleux d'admirer leurs élans généreux,
L'Empereur s'applaudit, sûr de vaincre par eux.
Mais le grand homme aussi se souvient qu'il est père;
Au milieu des périls d'une terrible guerre,
De son âme d'airain le courage attendri
S'émeut au souvenir de son enfant chéri.

Quand de nouveaux destins sa prudence occupée

Médite les devoirs du sceptre et de l'épée,

Parfois il interrompt ces pensers solennels;

Des larmes ont brillé dans ses yeux paternels;

Il songe à cet enfant dont sa reconnaissance

Comme un bienfait céleste accueillit la naissance,

A cet enfant qui porte en un frêle berceau

Du sort de l'univers le colossal fardeau.

Voilà le rejeton que demandait sa race!

Quel avenir pour lui son vaste orgueil embrasse!

S'il étend vers Moskou son essor conquérant,

C'est qu'il veut lui fonder un empire plus grand.

Sur le seuil de sa tente où lui-même il étale

L'image de ce fils que de la capitale

Le destin envoya vers le sol étranger

Comme un gage sauveur au moment du danger,

A l'œil de ses guerriers complaisamment il livre

Ce fidèle portrait dont son amour s'enivre,

Et les bonnets vainqueurs de chaque grenadier

Passent en saluant son royal héritier.

Mais l'armée est toujours sa première famille ;

Tandis que des foyers le feu nocturne brille,

Père de ses soldats, il veille à leurs besoins,

Et son génie actif suffit à tant de soins.

Sa magique présence aiguillonne leur zèle ;

Il se mêle à leurs rangs, par leurs noms les appèle.

« Mes compagnons ! ici je vous reconnais tous.

» Le monde entier quinze ans a tremblé devant nous.

» Les murs de Marengo, le front des Pyramides

» N'ont-ils pas tressailli sous nos coups intrépides ?

» Toi, mon brave ! à Wagram tu combattais, je crois ;

» Oui, tu pris un drapeau, je te donnai ma croix.

» Toi, songe aux champs d'Essling, et toi, qu'il t'en souvien

» Nous entrâmes tous deux dans Madrid et dans Vienne.

» Eh bien ! notre valeur, maîtresse des hasards,

» Nous entraîne plus loin, et la ville des Tsars

» Verra dans les palais bâtis par leurs ancêtres

» Les enfans de Paris s'asseoir en nouveaux maîtres.

» Le repos cette nuit ! la victoire demain !

» La victoire ! Soldats ! elle vous tend la main ;

» Par elle de la paix obtenez l'assurance ,

» De bons quartiers d'hiver, un prompt retour en France.

» D'un triomphe si beau montrez-vous donc jaloux.

» Que la postérité dise en parlant de vous :

» Sous ses murs étonnés du bruit de la mitraille [4],

» Moskou les vit combattre à la grande bataille. »

De sa tente, à ces mots, regagnant le réduit,

Il cherche le sommeil , mais le sommeil le fuit.

Tout dort; il veille seul , et son âme oppressée

Semble céder au poids d'une triste pensée.

Il compte ces guerriers , nés sous des cieux divers,

Qu'il entraîne à la gloire au bout de l'univers ,

Qui, la face déjà de blessures meurtrie,

Abandonnant leurs sœurs, leurs mères, leur patrie,

De tout ce qu'ils aimaient pour long-temps exilés,

Demain encor verront leurs membres mutilés,

Et passeront peut-être, innombrable hécatombe,

Du sommeil d'un bivac au sommeil de la tombe !

Voilà de quels jalons leur ossuaire humain

De l'immortalité lui sème le chemin !

Son bras comme un fléau toujours se lève et frappe !

Tremblant qu'à sa valeur le Russe encor n'échappe,

Il s'élance, regarde et son œil radieux

A vu sur les sommets sillonnés de leurs feux

Des guerriers ennemis les fantômes sans nombre

Aux lueurs des foyers entremêler leur ombre.

Ils sont là ! le héros, dans sa tente rentré,

Sur la foi du combat va dormir rassuré.

⊛

Quand de tous ses rayons l'aurore couronnée,

De septembre annonçant la septième journée,

Se lève, l'Empereur, de sa vue ébloui,

D'un présage orgueilleux soudain s'est réjoui.

En foule autour de lui l'Etat-major se presse.

« Nous vaincrons, a-t-il dit, croyez en ma promesse ;

» Croyez en le signal que dans les cieux je lis.

» Voyez ! c'est le soleil, le soleil d'Austerlitz !

» A vos postes ! » Les chefs s'éloignent à la hâte,

Agitent leur épée et la bataille éclate.

Du clairon, des tambours le bruit étourdissant,

Cette enivrante odeur et de poudre et de sang,

L'atmosphère de feu que la poitrine aspire,

Tout change le courage en sublime délire.

⇒⊗⇐

Au chemin de Smolensk qui borde la forêt,

A la droite du camp Poniatowski paraît,

Et déjà sur la gauche Eugène qui s'élance,

Contre Borodino dirige sa vaillance,

L'assiège, s'en empare et, franchissant le pont,

Court assaillir Gorcka dont le feu lui répond.

Vers lui des régimens que l'Empereur envoie,

La bravoure se fraie une rapide voie,

Et le combat, de front tout à coup engagé,

Sur un vaste terrain s'étendra prolongé.

Ces coteaux frémissans, cette plaine enflammée

Sous d'épais tourbillons de soufre et de fumée

Disparaissent; le choc et du plomb et du fer

D'un sifflement aigu perce et déchire l'air.

Bravant de l'ennemi l'ardente fusillade,

Compans d'une redoute entreprend l'escalade...

Un coup mortel l'atteint; mais Rapp à ses soldats,

Baïonnette croisée, a fait doubler le pas;

Sur ces créneaux tandis qu'il pose une main sûre,

Il est frappé... c'était sa vingtième blessure !

Ah ! que de sang français, héroïque ciment,

Scellera de ses flots ce haut retranchement !

Demain, quand l'âme encor de son triomphe émue,

L'Empereur, de l'armée en passant la revue,

D'un bataillon absent cherchant les rangs entiers,

Dira : « Je ne vois plus tous mes braves guerriers,

» Où sont-ils ? » Seul débris de leur vaillant martyre,

Leur chef lui répondra : « Dans la redoute, Sire[5]. »

≫⊛≪

Au secours de Davoust, qui s'éloigne blessé,

De dix mille Français Ney, d'un vol empressé,

Amène la phalange et, terrible, renverse

L'ennemi que sa vue épouvante et disperse.

Napoléon ordonne, et Murat au grand trot

Accourt, mais les vaincus reparaissent bientôt,

Et de leurs cuirassiers la formidable masse

L'enveloppe. Murat à son tour les menace,

D'une main prend son sabre et de l'autre, agitant

De son turban guerrier le panache éclatant,

Monte dans la redoute où son exemple entraîne

La valeur des soldats un moment incertaine,

Et du flanc sur le centre, aidé de Nansouty,

Il rejette en courant le Russe anéanti.

❖❀❖

Mais de Sémenowska défendant le village,

Encor bouillant d'ardeur sous les glaces de l'âge,

Kutusof épanchait de son plomb dévorant

Sur Murat et sur Ney l'impétueux torrent.

A Friand, à Maubourg, dont l'assaut se combine,

A peine de ces murs il cède la ruine,

De sa réserve entière appelant les renforts,

Il court leur opposer de plus hardis efforts,

Et de Bagration la ligne reformée

Devant eux fait surgir une seconde armée.

Tous alors, artilleurs, fantassins, cavaliers,

Tous déciment nos rangs de leurs feux réguliers.

Murat, qui se raidit debout dans la tempête,

Excite les vainqueurs à garder leur conquête,

Et, voyant un des chefs, troublé par le péril,

Commander le départ : « Que faites-vous ? dit-il ;

» Eh quoi ! Français ! déjà votre valeur se lasse !

» — Sire ! comptez les morts qui jonchent cette place.

» On n'y peut demeurer. — Et j'y reste bien, moi ! »

Le chef, électrisé par un mot de son roi,

Retient ses compagnons : « Mes amis ! face en tête,

» Et qu'ici, pour mourir, le régiment s'arrête !

❖

De quel nouveau fracas les airs sont foudroyés,

Quand les canons français, au combat envoyés,

Couronnant les hauteurs de leurs quatre-vingts bouches,

Etendent par milliers sur de sanglantes couches

Les Russes qui, brisés contre leur mur d'airain,

De funèbres monceaux encombrent le terrain !

Sous le rapide feu de chaque batterie

S'avance pesamment leur lourde infanterie,

Dont les soldats massifs, par la mort séparés,

Resserrent à l'instant leurs bataillons carrés,

Comme on voit l'Océan que l'orage tourmente,

Ouvrir et refermer une gueule écumante.

Là tous, sans avancer, sans reculer d'un pas,

Dans un calme héroïque attendent le trépas ;

Si quelque mouvement ébranle leur phalange,

Ce n'est que pour tomber, quand la mort les dérange.

Un carnage si lent dans sa sublime horreur

De nos fougueux guerriers irrite la fureur.

Ney, Murat et Davoust par les brêches percées

A travers les débris des troupes renversées

Poussent leurs cavaliers qui vont de toutes parts,

Le sabre dans les reins, poursuivre les fuyards.

Leur courage exalté par un seul coup espère

Achever la victoire et peut-être la guerre,

Si la Garde avec eux vers Mojaïsk descend

Refouler de vaincus un reste menaçant.

La Garde! qu'elle vienne! à grands cris on l'appelle;

Mais l'armée est réduite à triompher sans elle.

Combien d'exploits rivaux illustrent tour à tour

Ce combat colossal qui dure tout un jour!

Quelle ardeur d'héroïsme, ô Français! vous anime,

Depuis l'obscur soldat jusqu'à ce chef sublime,

Qui du sang ennemi de nouveau baptisé,

Aux champs de Moskowa prince immortalisé,

Se fait, pour enrichir son blason militaire,

Du nom d'une bataille un nom héréditaire!

≫⊗≪

Cependant le combat dans la plaine s'éteint ;

Son feu vers le coteau qu'il a d'abord atteint,

Tout entier se concentre et jusqu'en ses entrailles

Le sol tremble chargé d'immenses funérailles.

Sur un versant rapide un grand fort suspendu,

Entouré de ravins, par Barklay défendu,

Au choc des assiégeans que son canon laboure,

Commença par céder, conquis par leur bravoure ;

Mais à peine enlevé, les Russes l'ont repris,

Et, ne leur opposant que de faibles débris,

Un régiment français meurt sans demander grâce,

Quand leur nombre grossi de son poids le terrasse.

Là, percé de vingt coups, expire Bonnamy,

Et son dernier regard menace l'ennemi.

Comme un volcan profond, brisant son noir cratère,

De sa bouillante lave au loin rougit la terre,

La redoute en courroux vomit par tous ses flancs

Ses foudres destructeurs contre les assaillans

Dont l'immobile audace obstinément essuie
Les flots amoncelés de cette ardente pluie.

※ ⊕ ※

Un ordre de Murat retentit. Caulaincourt,
Pour remplacer Montbrun, impatient, accourt,
Et voyant ses amis le baigner de leurs larmes :
« Quoi ! vos yeux ont des pleurs, quand vos mains ont des armes !
» De votre général venez venger le sort.
» Oui, le sang pour le sang et la mort pour la mort !
» Suivez-moi ! » Vers la gauche il va d'un pas rapide
Assiéger par le dos la redoute homicide ;
Fier de s'en emparer, il vole au premier rang,
Quand, frappé d'un boulet, il succombe expirant ;
Sa conquête est sa tombe, et son lit funéraire
Ne verra pas ses mains presser les mains d'un frère !

※ ⊕ ※

Après un long assaut , Eugène se promet

De ce mont enflammé d'atteindre le sommet ;

Il y monte ; soudain de sa bouche fermée

Il ne voit plus jaillir ni flamme ni fumée.

Des cuirassiers français l'airain resplendissant

Frappe seul ses regards et , tout couvert de sang,

Du brave Caulaincourt foudroyé dans sa gloire

Vainqueur lui-même , il vient compléter la victoire.

Des Russes vainement les bataillons épais

Veulent reconquérir ces larges parapets,

Ces murs dont ils croyaient la cîme inabordable ,

Ces talus, ces créneaux , ouvrage formidable ,

Qui , par leurs propres mains fait pour les secourir,

Devait tous les sauver et les voit tous mourir.

Les derniers cavaliers que Kutusof ramasse ,

De la plaine en fuyant refranchissent l'espace ;

Les canons de Belliard , les hussards de Pajol,

Ont arrêté les uns dans leur rapide vol ,

Et des autres la foule à leur courroux soustraite

Au-delà d'un ravin abrite sa retraite,

Comme au bord de son antre un lion frémissant

Recule terrassé, mais toujours rugissant.

Des bronzes ennemis la voix meurt indignée.

La plaine est libre enfin... la bataille est gagnée !

➤⊛◄

Vainqueur sur tous les points de ce champ meurtrier,

L'Empereur le visite ; il commande ; Mortier

Jusqu'au ravin profond dont l'étroite barrière

Des deux camps séparés marquera la frontière,

Conduit la jeune Garde et s'arrête devant

Pour le fortifier par ce rempart vivant.

Douze heures de combat ne calment pas encore

Cette fureur d'exploits dont la soif te dévore,

Indomptable Murat ! tu veux, malgré la nuit,

Des Russes qu'en espoir ton fer ardent poursuit,

Exterminer le reste et, barrant leur passage,

Grossir la Moskowa des flots de leur carnage.

L'Empereur, à regret d'un mot te retenant,

Admire ta valeur, même en la condamnant.

Sa voix qu'à respecter l'Europe est façonnée,

Dicte le bulletin de la grande journée;

La Russie et la France apprendront en tremblant [6]

Qu'il a de ses lauriers cueilli le plus sanglant.

Non, jamais l'instrument que le trépas décharge,

Ne fit de corps humains une moisson plus large,

Et de chaque côté sa foudroyante voix

Tonna dans un seul jour quatre-vingt mille fois.

De quel prix douloureux la victoire est payée!

Lorsque, le lendemain, notre vue effrayée

Commença dans ces champs conquis par nos efforts

Le funèbre calcul des blessés et des morts,

Un jour pâle éclaira ce terrible inventaire;

Le ciel semblait pleurer les malheurs de la terre.

Quel spectacle! partout des armes en lambeaux,

Des cadavres hideux étagés par monceaux,

Des soldats qui, le front sillonné par la foudre,

Erraient souillés de sang et tout noircis de poudre,

Un silence mortel que troublait seulement

De ces convois nombreux le sourd gémissement!

Combien hélas! tombés sous l'homicide atteinte,

S'irritaient de souffrir, et d'une voix éteinte:

« Compagnons! par pitié! le trépas! le trépas!

» Visez-nous à la tête et ne nous manquez pas! »

Monté sur son cheval qui de terreur se cabre

Parmi ces corps frappés du canon ou du sabre,

L'Empereur a frémi... tant de Français tués!...

A ces sanglans tableaux ses yeux habitués

S'en étonnent pourtant et sa voix étouffée

Gémit comme un remords sur son propre trophée.

Son visage à travers un sourire d'orgueil

D'un présage fatal laisse percer le deuil.

Les soupirs des mourans ont ému sa grande âme,

Et cependant, promis aux murs de Notre-Dame;

Du joyeux Te Deum l'hymne victorieux

D'un triomphe nouveau remercîra les cieux!

Trois jours à Mojaïsk, retiré dans sa tente,

Comme s'il redoutait la fortune inconstante,

Consumé par la fièvre, il paraît sommeiller,

Mais le bruit des combats accourt le réveiller.

« Français! entendez-vous? dit-il, le canon gronde

» Et sa voix nous appelle à l'empire du monde.

» Que l'héritier des Tsars courbe enfin le genou!

» Marchons! guerre et victoire! en avant! à Moskou! »

CHANT QUATRIÈME.

ARGUMENT.

Entrée dans Moskou. — Le Kremlin. — L'incendie. — La croix du Grand-Yvan. — L'Empereur se réfugie à Petrowsky et revient dans Moskou. — Annonce d'un combat entre Murat et Kutusof. — Départ de l'armée française. — Mortier fait sauter le Kremlin. — Menaces de l'hiver.

CHANT QUATRIÈME.

Le Kremlin.

Quand du faîte escarpé d'une grande montagne

Dont la hauteur domine une vaste campagne,

Des aigles, réunis en bataillon bruyant,

Découvrent des troupeaux dans un pré verdoyant,

Leurs yeux lancent soudain de vives étincelles ;

Ils aiguisent leur serre et, secouant leurs ailes,

Dans leur joyeux espoir saisissent le butin

Qu'ils porteront sanglant jusqu'en leur nid lointain :

Telle au mont du salut qui sous leur marche tremble,

De nos soldats pressés la foule se rassemble.

Moskou ! ce cri, jeté par un commun transport,

Comme un bruit de tonnerre a retenti d'abord.

Maîtres de ces remparts, la guerre est achevée !

Tous, la main étendue et la tête levée,

Se montrent leur conquête ! Emu d'étonnement,

Leur regard attentif contemple avidement

Ce vieux berceau des Tsars, Moskou, la ville sainte',

De ses murs à leurs pieds développant l'enceinte,

Ce terrain inégal parsemé de châteaux

Qu'un fleuve sinueux réfléchit dans ses eaux,

Ces monumens divers, bizarre mosaïque

De temples consacrés au culte judaïque,

De kiosques hindous, de pavillons chinois,

De gothiques palais, d'églises dont les croix

Et les boules d'argent à leurs vieilles coupoles

Attachent dans les airs des festons d'auréoles.

Le soleil, épanchant sa limpide clarté,

D'un disque radieux couronne avec fierté

La ville qui déroule en long amphithéâtre

Ses édifices d'or, d'émeraude, d'albâtre,

Et captive les yeux par son charme riant

Comme un rêve enchanteur d'un conte d'Orient,

Ou comme l'oasis, ce fleuron de verdure

Sur le front du désert jeté par la nature.

Dans l'Egypte éveillée au bruit de leurs exploits

Leur jeune enthousiasme applaudit autrefois

Ces monts pyramidaux qui, debout sur les âges,

De leurs propres vainqueurs admiraient les courages :

Ainsi, battant des mains à ce riche tableau,

Vivant panorama d'un univers nouveau,

Leur foule, l'œil ardent, regarde et s'extasie.

La France a donc touché les portes de l'Asie !

7.

Dans le foyer natal , de palmes couronnés ,

Lorsqu'ils reparaîtront , leurs enfans étonnés

Croiront en écoutant , dans la longueur des veilles ,

De leurs hauts faits guerriers les récentes merveilles ,

Que les anciens Titans , ressuscités en eux ,

Reviennent leur conter des exploits fabuleux.

＊⊗＊

L'Empereur à l'aspect d'une si belle proie

Tressaille , et dans ses yeux brille un éclair de joie.

Mais quand donc les vaincus avec solennité

Voudront–ils , apportant les clefs de la cité ,

Aux mains du conquérant remettre la conquête ,

Et sous le Tsar français humilier leur tête ?

Savent–ils les dangers d'un retard insultant ?

Pourquoi diffèrent–ils ? Napoléon attend.

Hélas ! ils ont tous fui , tous , esclaves et maîtres ,

Courbés sous leurs trésors , et conduits par leurs prêtres ,

Qui, levant vers le ciel des yeux chargés de pleurs,

Murmuraient sourdement les hymnes de douleurs;

D'un lamentable adieu leurs troupes fugitives

Du fleuve paternel ont salué les rives,

Et de leurs pas confus le bruit a fait gémir

Les routes de Kazan et de Voladimir.

Rostopschin a du moins d'une ruine immense

Déposé dans Moskou la terrible semence;

Il s'éloigne, pareil aux Scythes, ses aïeux,

Dont la fuite lançait des traits victorieux.

L'impatient vainqueur s'étonne, s'inquiète.

Est-ce un stupide effroi qui rend Moskou muette?

Il commande. Murat envahit les faubourgs.

L'éclat de la fanfare et le son des tambours

De ces mornes remparts, Thébaïde profonde,

N'osent troubler la paix, et les maîtres du monde

S'épouvantent d'entendre en ces déserts nouveaux

Retentir seulement les pas de leurs chevaux.

Dans Vienne et dans Berlin lorsqu'ils entraient naguère,

Que de clameurs formaient leur cortége de guerre !

Quel silence aujourd'hui ! quand leur victoire en deuil

Semble d'un pas tremblant marcher sur un cercueil,

Nuls vestiges humains devant eux ne se montrent [2]

Et le seul ennemi que leurs regards rencontrent,

C'est le Kremlin, debout comme un colosse altier

De tours et de créneaux hérissé tout entier.

De la Rome du Nord heurtant ce Capitole,

La lance polonaise et la flèche mongole

S'y brisèrent vingt fois, et le canon français,

Vainqueur au premier coup, s'en est ouvert l'accès.

Toujours prêt à combattre après tant de batailles,

Murat, loin de reprendre haleine en ces murailles,

Les traverse au galop et, semant le trépas,

Sur le chemin d'Asie aventure ses pas.

On croirait que les feux dont son âme est remplie,

S'allument au soleil d'Egypte ou d'Italie,

Comme aux jours qui l'ont vu, beau de témérité,

Commencer à vingt ans son immortalité.

✺◉✺

De la sainte Moskou gardien long-temps fidèle,

Ouvre à Napoléon ta haute citadelle,

Kremlin ! console-toi d'un glorieux affront,

Et laisse le héros, sans incliner le front,

Dans l'enceinte avant lui des combats révérée

Entrer, Dieu conquérant, par la porte sacrée ;

Car jamais un génie à son génie égal

N'aura foulé ton seuil d'un pied si colossal.

Du faîte de tes murs ton vainqueur envisage

Le nouvel avenir que son orgueil présage.

L'Europe est donc sa proie, et ces vieux minarets

Le verront du Kremlin dater tous ses arrêts,

Comme un phare vivant, épancher sur le monᴅ

De ses vastes pensers la lumière féconde ;

Et les peuples, les rois, en tout siècle, en tout lieu,

Diront : Napoléon fut l'envoyé de Dieu.

⁂

Despote ambitieux qu'aveugle ton génie ,

Ce Dieu qui t'inspira, maintenant te renie;

L'heure fatale approche où son courroux vengeur

Brisera dans tes mains ton sceptre ravageur.

Du palais des Rurick possesseur éphémère ,

D'un trône universel tu nourris la chimère.

Par la gloire bercé, dors ton dernier sommeil !

La foudre inattendue éclate à ton réveil ,

Et l'amas de lauriers qui surcharge ta tête,

N'a pas du Tout-Puissant conjuré la tempête !

⁂

Au feu ! ce cri d'alarme a soudain retenti.

Déjà tout le bazar s'écroule anéanti,

Et du palais Marchand, du centre de la ville

La flamme qui se tord comme un hideux reptile,

De sa langue rougeâtre en foudroyans sillons

Sur les toits embrasés darde les aiguillons.

Les Russes veulent-ils par un grand sacrifice

Qu'avec Napoléon une cité périsse

Et creuse, à la lueur d'un funèbre flambeau,

Pour ce colosse immense un immense tombeau ?

Courageux suicide ! holocauste héroïque !

Un homme au cœur armé d'une audace stoïque

Résout d'incendier ces opulens bazars,

Asiles élégans des merveilles des arts,

Ces temples, ces palais à la noble structure,

Que le luxe meubla, qu'embellit la sculpture ;

Il ordonne et Moskou sans regrets, sans efforts,

Dans un gouffre brûlant jette tous ces trésors,

Pour nourrir le foyer, gigantesque fournaise,

Où s'ensevelira la victoire française.

A travers ce brasier, image des enfers,

Des Moujicks, des forçats échappés de leurs fers,

Des brigands furieux aux visages atroces,

De haillons tout couverts, poussant des cris féroces,

Une torche à la main, tels que de noirs démons,

A souffler l'incendie épuisent leurs poumons,

Et des femmes qu'enivre un infernal délire,

Les traits défigurés d'un horrible sourire,

Agitant les flambeaux que leur rage a saisis,

Semblent dans ce désastre autant de Némésis.

※❂※

Nuit fatale au héros qui seul repose encore,

Nuit terrible! tes feux ne sont-ils pas l'aurore

De ce jour où, tombé de revers en revers,

Son astre ira s'éteindre au bout de l'univers ?

Napoléon enfin se réveille et s'étonne

Des livides clartés dont l'horizon rayonne.

Entraîné par l'ardeur d'un premier mouvement,

Il veut parler en maître au fougueux élément.

Sa Garde va livrer bataille à l'incendie ;

Par la voix de Trévise au péril enhardie,

Tandis qu'elle combat son brûlant ennemi,

De rage et de douleur l'Empereur a frémi ;

Il se lève, s'assied, se relève, s'agite,

Dans les appartemens tantôt se précipite,

Tantôt parcourt les toits d'où ses yeux de plus près

De la flamme croissante observent les progrès.

De palais en palais cette flamme élancée

Paraît de Rostopschin comprendre la pensée,

Et joyeuse, du haut de ses murs envahis,

Détruit une cité pour sauver un pays.

Napoléon ! ce feu dont partout Moskou brûle,

Dans ton âme irritée on dirait qu'il circule.

A chaque pas nouveau cet élément vainqueur

Te dévore un empire et te ronge le cœur.

S'éteindra-t-il enfin ? non ; l'active flammèche,

Plus rapide en son vol que l'aigle ou que la flèche,

Jusqu'au Kremlin s'élance, et bientôt l'aquilon

De ses ardens débris grossit le tourbillon ;

Bientôt en mugissant un océan de flammes

Roule à travers les airs ses tournoyantes lames,

Et ce flux orageux cerne de toutes parts

Le passage des ponts et l'abord des remparts.

Napoléon étend ses mains impérieuses

Comme pour maîtriser les vagues furieuses ;

Mais peut-il, de leur course impatient témoin,

Leur dire ainsi qu'un Dieu : jusqu'ici ! pas plus loin !

Sa conquête d'hier, aujourd'hui consumée,

Avec ces flots mouvans de cendre et de fumée

Va donc s'évanouir, fantôme aérien !

N'a-t-il envahi tout que pour ne garder rien ?

Lorsque, de la Russie affrontant le colosse,

Il le frappait au cœur, nouvelle Saragosse,

Moskou, ne lui livrant qu'un amas de débris,

Laissera sa victoire errante sans abris !

Captif dans le Kremlin où la flamme l'exile,

Napoléon encore y conserve un asile,

Et ces deux fiers géans, quand tout cède autour d'eux,

Semblent dresser plus haut leurs fronts majestueux.

De toutes parts pressée, agitée, éperdue,

La foule, vers le fleuve à grands pas descendue,

S'y jette ou de son poids surcharge les bateaux

Que l'incendie atteint et brûle sur les eaux.

Mais Eugène et Murat près du héros accourent;

Ils veulent l'arracher aux périls qui l'entourent,

Et, les larmes aux yeux, se jetant à genoux :

« Partez, Sire, partez; sauvez-vous, sauvez-nous.

» Ah! craignez qu'à l'instant ce palais ne s'embrase

» Et que de ses lambris le choc ne vous écrase.

» Le Kremlin est miné… plus d'espoir! le trépas

» Va tonner sur nos fronts, éclater sous nos pas.

» Il accourt : le voici! partez. — Non, je demeure.

» Quand j'entends de Moskou sonner la suprême heure,

» Dans l'abîme de flamme où je la vois rouler,

» La Russie avec elle est prête à s'écrouler.

» Race des Romanof, frémis découronnée!

» En sortant de ces murs, ma botte éperonnée

» Pourra, de mon butin pour grossir le monceau,

» Du velours de ton trône emporter un morceau.

» Moskou brûle aujourd'hui comme jadis Carthage [8].

» Ce sceptre dont le Nord m'enviait le partage,

» Me reste tout entier, et mieux que les Romains,

» Les Français retiendront le monde dans leurs mains. »

Intrépide lutteur en ce cruel désastre,

L'Empereur, s'aveuglant sur la foi de son astre,

Aux remparts du Kremlin s'obstine à s'attacher,

Comme s'il défiait Dieu de l'en arracher :

Tel au-dessus des flots Ajax levant la tête,

Cloué sur un rocher des mains de la tempête,

Debout, inébranlable aux assauts de la mer,

L'œil fixé sur la foudre, attendait Jupiter.

Mais ces feux dont encore il brave la menace,

S'apprêtent à briser son courage tenace.

Soudain, en s'embrasant, la tour de l'arsenal

D'un plus vaste incendie a lancé le signal.

Les portes du palais que les flammes attaquent,

S'ébranlent ; sous leur poids les lourds escaliers craquent.

Le Kremlin brûle ; alors, obligé de céder

Ces murs dont le destin l'ose déposséder,

Il veut, prix immortel de leur courte défaite !

De leur plus beau trésor déshériter leur faîte.

D'une voix toujours ferme il commande : « Soldats !

» La croix du Grand-Ivan m'appartient ; que vos bras

» La détachent ! Paris par des nœuds plus solides

» Nous la verra suspendre au front des Invalides. »

Napoléon descend cet escalier du Nord

Que du Strélitz rebelle ensanglanta la mort ;

Il descend et partout sur les ardentes marches

Rencontre des vieillards, de graves patriarches,

Qui mêlent leurs clameurs aux longs mugissemens

Poussés par le Kremlin jusqu'en ses fondemens,

Des femmes dont le sein en palpitant lui jette

De leurs enfans brûlés le difforme squelette,

Des blessés qui, couverts d'une affreuse pâleur,

Arrachés par la flamme à leur lit de douleur,

De l'immense ruine où la cité s'abîme,

Par leurs accens plaintifs lui reprochent le crime ;

Un cercle de mourans enveloppe ses pas ;

Tout frémit pour ses jours ; lui seul ne frémit pas.

Il commande et sa Garde au trépas résignée,

Comme pour un cortége avec ordre alignée,

S'apprête à traverser par un stoïque effort

Cet océan de feux qui peut-être est sans port.

Une poterne enfin par un étroit passage

Qui de la Moskowa court gagner le rivage,

Voit à travers les rocs s'échapper lentement

Ce héros qui causait un vaste ébranlement,

Quand naguère il marchait et, tel qu'un Dieu d'Homère,

Arrivait en trois pas aux confins de la terre.

Par la cendre aveuglés, ses regards ont perdu

La trace des chemins où le cuivre fondu,

Où le fer et le plomb, lave tourbillonnante,

Font d'une ville entière une mer bouillonnante.

Chaque instant de retard, c'est la mort... mais son œil,

De cet horrible enfer pour dépasser le seuil,

Découvre au bord du gouffre une route, une seule

Qui semble un monstre ouvrant sa flamboyante gueule ;

Napoléon s'y plonge ; entre deux murs de feu,

Sur un sol rougissant il s'élance au milieu

Du retentissement des poutres qui succombent,

Des toits et des piliers qui l'un sur l'autre tombent.

Du faîte des maisons la flamme en s'élevant

Surmonte la hauteur ; mais la force du vent,

L'obligeant à fléchir, dans cette longue route,

Sur le front du héros en ondoyante voûte

La recourbe ; il s'avance et heurte à tout moment

L'obstacle amoncelé d'un décombre fumant,

Lui qui, géant armé pour démolir les trônes,

Hier encor, foulait vingt lambeaux de couronnes !

Quand le feu moins actif et lassé de lutter,

Devant lui par respect consent à s'écarter,

Il a trouvé Davoust que son aspect rassure ;

Car ce prince, oubliant sa récente blessure,

Accourait lui prêter un courageux appui,

L'arracher au trépas ou périr avec lui.

Dans les bras l'un de l'autre ils se jettent ; l'armée

Que de son chef vivant un mot a ranimée,

Les entoure ; de joie un cri s'est élevé ;

Rien n'est encor perdu, l'Empereur est sauvé.

⋙✾⋘

Mais combien a frémi son âme courroucée !

Pour la première fois son aigle repoussée,

En se précipitant des sommets du Kremlin,

Semble de sa grandeur annoncer le déclin.

Jusque dans Pétrowsky, son périlleux refuge [1],

Le spectacle obstiné du foudroyant déluge

Poursuit Napoléon, et l'antique cité

Lui paraît, s'embrasant dans son immensité,

Une trombe de feu dont l'épaisseur mouvante

En brûlans tourbillons disperse l'épouvante.

Tant de soldats, venus de leurs climats lointains,

S'étonnent effrayés, et les Napolitains

Ont cru voir, s'échappant de sa profonde étuve,

Sous les glaces du Nord bouillonner leur Vésuve,

Ou plutôt dans les airs cent Vésuves grondans

Déchirent à la fois leurs cratères ardens,

Comme s'ils célébraient par leur vaste fanfare

De la destruction le triomphe barbare.

Lorsque de ces volcans, aux yeux de l'Empereur,

Cinq jours d'explosion épuisent la fureur,

Il revient dans Moskou, mais de ces larges rues

La cendre ensevelit les traces disparues,

Et cette Nécropole offre à peine aux regards

Quelques maisons debout sur des débris épars ;

Son colosse abattu, fumant cadavre, exhale

De ses flancs calcinés une odeur sépulcrale,

Et des hommes, chargés de dégoûtans lambeaux,

Fantômes accroupis aux portes des tombeaux,

Attendent, expirans, que d'un coup de son glaive

L'ange exterminateur en passant les achève.

Tandis que les vainqueurs, avides de trésors,

Ardens oiseaux de proie acharnés sur les morts,

Parmi les noirs monceaux remués par leurs fouilles,

Exhument de Moskou les dernières dépouilles,

L'Empereur au Kremlin a remonté ; de là

Contemplant la cité que le feu désola,

Il s'applaudit qu'au moins la flamme vengeresse

Lui laisse pour abri la haute forteresse

D'où sa gloire, éclairant un immense cercueil,

Brille, sanglant fanal dressé sur un écueil.

❖⊛❖

Moskou ! centre des arts et temple du commerce,

Quand du feu courroucé le souffle te renverse,

De tes anciens remparts que l'abîme engloutit,

Aux murs de Pétersbourg la chute retentit,

Et, la paix à la main, l'inflexible Alexandre

Du haut de son orgueil va peut-être descendre.

Mais non ; par le passé trompé sur l'avenir,

De Tilsitt et d'Erfurt gardant le souvenir,

Napoléon s'abuse ; au traité qu'il annonce,

Un dédaigneux silence a servi de réponse.

Que faire ? espérant peu, mais désirant toujours,

Sur sa conquête en cendre il dort quarante jours,

Ou de la même voix que l'armée idolâtre,

S'amusant à dicter des lois pour un théâtre[5],

Des travaux de la paix feint de se contenter,

Quand le besoin d'agir revient le tourmenter,

Et d'un butin nouveau l'éblouissant mirage,

Fascinant ses regards, attire son courage.

« Trop long-temps Alexandre a fui devant nos coups,

» Dit-il, marchons à lui s'il ne vient pas à nous.

» Pétersbourg nous attend ; nos aigles triomphales

» Auront pris en trois mois deux grandes capitales. »

＊⊗＊

Berthier, Davoust, Bessière à sa bouillante ardeur

De leurs sages conseils opposent la froideur ;

Mais au nom de Paris que leur bouche hasarde,

D'un œil fixe d'abord l'Empereur les regarde ;

Puis il éclate : « Eh quoi ! vous demandez Paris !

» M'écrase ce palais sous ses fumans débris

» Plutôt que d'en sortir pour retourner en France !

» Du sceptre européen je perdrais l'espérance !

» Nos aigles s'enfuiraient ! Français ! nous retirer,

» Aux yeux de l'avenir c'est nous déshonorer.

» L'hiver, cet ennemi que votre effroi redoute,

» Nous saisirait terrible au milieu de la route.

» Vous plaignez nos soldats ! dites ce qu'ils feraient,

» Lorsque sur leurs fusils leurs mains se gèleraient,

» Lorsque, par la souffrance enchaînés à leur place,

» Ils tomberaient mourans dans un linceul de glace?

» Cherchons à Pétersbourg la victoire et la paix.

» Partout ailleurs la honte ou la mort!... non, jamais!

» En marche vers le Nord! douze jours vont suffire

» Pour atteindre Alexandre au fond de son empire.

» Que Londre en pâlissant apprenne ses revers,

» Et que le léopard, chassé de l'univers,

» Près du trident oisif, dans un coin de son île,

» Expire consumé d'une rage inutile! »

Il parle, quand soudain à ses mâles accens
Se mêlent du canon les coups retentissans.
Au midi de Moskou poussé par son audace,
Murat de Kutusof suivit de près la trace;
Contre le nombre ardente à se multiplier,
Sa fougue téméraire est réduite à plier.

Napoléon s'écrie : « A la vengeance ! aux armes !

» Le sort a redonné le signal des alarmes.

» Courons sur Kalougha ! mon épée et malheur

» A tout ce qui viendrait heurter notre valeur !

» Compagnons ! suivez-moi ! la guerre a ses tempêtes,

» Mais mon étoile encor brillera sur nos têtes. »

❋⊛❋

Ainsi, hors de ces murs précipitant tes pas,

Tu respires toujours la flamme des combats,

Napoléon ! toujours ton nom reste sans tache ;

L'honneur t'y retenait et l'honneur t'en arrache.

Ton armée avec toi, par colonnes sortant,

Court rejoindre Murat et s'éloigne, emportant

Les croix, les étendards, dépouille orientale,

Qu'aux regards de Paris son espérance étale.

Accablés de butin, sous leurs chefs différens

Ces superbes guerriers marchent en conquérans ;

Toujours victorieux jusque dans leur retraite,

Ils vont à l'ennemi renvoyer la défaite.

Mais vers eux dans la paix de leur bivac lointain

La voix de l'aquilon roule un bruit incertain.

Pourquoi ce sol tremblant?... Le Kremlin! de sa chute

L'Empereur donna l'ordre et Mortier l'exécute;

Il saute dans les airs avec ses vieux créneaux,

Les armes dont l'amas comble ses arsenaux,

Et d'avides Kosaks que la soif du pillage

Attira dans ses flancs par un instinct sauvage,

Mais qui du haut des cieux de leur trépas semés

Retombent, pluie humaine, en tronçons enflammés.

⋟◉⋞

Vos adieux au Kremlin, c'est un coup de tonnerre,

Et vous lancez encor les foudres de la guerre,

Français! voyez pourtant d'élémens en courroux

Un orage imprévu s'amasser contre vous.

Quand les vents de la nuit par de vagues murmures

Troublent votre sommeil , agitent vos armures,

Le pâle Hiver descend de ces antres du Nord,

Où, d'un autre hémisphère interdisant l'abord,

A l'essor des vaisseaux un Océan rebelle

Oppose le rempart d'une glace éternelle.

De son sceptre de plomb soulevant le fardeau,

Nouvel Adamastor, contre un Gama nouveau

Il accourt ; les cheveux qui hérissent sa tête,

Semblent d'un mont altier blanchir la vieille crête ;

Monstre homicide, il cherche, en allongeant ses bras,

A saisir, à frapper des milliers de soldats,

Et ses roulans glaçons , messagers de ravage,

Laisseront le néant sur leur brusque passage.

En secouant le poids de son bandeau neigeux,

Il mêle au bruit des vents ces accens orageux :

« Français ! reconnaissez le gardien et le maître

» Du pôle qu'en espoir vous franchissiez peut-être ;

» Je suis l'Hiver, non pas ce vieillard languissant

» Qui sur vos régions lance un trait impuissant,

» Mais ce géant fougueux, implacable, farouche,

» Qui d'un choc de ses pas, d'un souffle de sa bouche

» Renverse tout obstacle et, vengeant ses affronts,

» Sous des foudres de glace écrasera vos fronts.

» La flamme a commencé votre vaste ruine ;

» Le glaive la poursuit, et l'Hiver la termine.

» Monts hyperboréens, déchaînez vos frimas !

» De vos neiges au loin précipitez l'amas !

» Aquilon, des sommets de la zône polaire

» Dans ce camp dévasté fais rugir ta colère !

» Fleuves, durcissez-vous ! de solides réseaux

» Glaçons, enveloppez et la terre et les eaux !

» Qu'un conquérant despote, égaré dans sa gloire,

» Succombe ! arrachons-lui son manteau de victoire !

» Qu'il perde ses soldats en nos déserts glacés,

» Et que les bulletins, sur leur cercueil tracés,

» Apprennent tout à coup à la France alarmée

» Que son grand Empereur n'a plus de grande armée. »

CHANT CINQUIÈME.

ARGUMENT.

Le prince Eugène raconte à Napoléon le combat de Malo-Jaroslawetz — Funérailles du fils de Platof. — L'Empereur menacé par les Kosaks. — L'armée revoit le champ de bataille de la Moskowa. — Le soldat blessé. — Ravages du froid et de la famine. — Mort de deux jeunes époux. — Retour à Smolensk. — Exploits du prince Eugène à Krasnoë. — Dévouement de trois cents Français. — Arrivée dans Lyadi et dans Orcha. — Eugène et Ney se retrouvent pendant la nuit.

CHANT CINQUIÈME.

L'Hiver.

Palladium guerrier de la France nouvelle,

Drapeau qui la couvrant de ton ombre immortelle,

A la tête du monde entraînas ses enfans

Et portas sa fortune en tes plis triomphans,

Ta course est achevée et le Nord homicide

Aura fait du Kremlin tes colonnes d'Alcide.

Le chef qui t'agitait dans sa puissante main,

Te laisse de la fuite apprendre le chemin.

Hélas! sa gloire était un océan immense

Dont le flux a cessé, dont le reflux commence.

Mais en se retirant, tous ces flots belliqueux

Sur le sable désert déposent après eux

Quelques derniers trésors d'honneur et de courage,

Héroïques débris d'un sublime naufrage.

Notre armée a passé sur ton front abattu,

Jaroslawetz! hier on s'est encor battu.

L'Empereur qui vers toi d'un pas rapide monte,

Admire le combat qu'Eugène lui raconte.

« Sire! dit le vainqueur, deux de mes bataillons

» Envahissent d'abord ces âpres mamelons;

» La victoire à ce poste un instant les enchaîne,

» Quand les Russes, sortis de la forêt prochaine,

» Les renversent ; de là vingt bronzes meurtriers

» Dans ce ravin profond écrasent mes guerriers.

» Delzons, d'un sûr renfort amenant la vaillance,

» A travers le péril, par mon ordre, s'élance,

» Mais atteint d'une balle, il tombe au rang des morts ;

» Son frère qui venait l'abriter de son corps,

» Frappé lui-même, expire... ils combattaient ensemble,

» Et d'un commun trépas la gloire les rassemble. »

Dans l'œil de l'Empereur une larme roula.

Eugène poursuivit : « Voilà, Sire ! voilà

» La place où, commandant une prompte escalade,

» De mes Italiens je lance une brigade.

» C'est la première fois qu'ils bravent le trépas ;

» On dirait des Français vieillis dans les combats.

» La ville résistait ; de son faîte à sa base,

» Sous le vol des obus chaque maison s'embrase.

» Assiégeans, assiégés, corps à corps en luttant,

» Se frappant de la main et du pied se heurtant,

» Etouffés par les feux de leur fureur complices,

» Roulent, sans lâcher prise, au fond des précipices.

» Les Russes que nos coups ont enfin entamés,

» Descendus des hauteurs de ces murs enflammés,

» Pour s'emparer du pont et nous couper la fuite,

» S'avancent; aussitôt je prends sous ma conduite

» Ma réserve dernière, et mes regards, mes cris

» De tous mes régimens rassemblent les débris.

» Sur le flanc des coteaux que mon armée assaille,

» Un choc universel transporte la bataille;

» Trézel, Durrieu, Broussier, Forestier, Péraldi

» Secondent mes efforts, et d'un élan hardi

» Les Russes refoulés à coups de baïonnette

» Laissent à nos drapeaux la victoire complète. »

Napoléon frémit d'un orgueil paternel :

« Prince Eugène ! l'honneur de ce jour solennel

» N'appartient qu'à toi seul. Poursuis, et que l'histoire

» Sur une même page inscrive notre gloire. »

Il dit, et, de la ville atteignant les remparts,

Que trouve-t-il ? partout des cadavres épars,

Des mourans, des blessés, qui, gémissantes ombres,

Sortent, en se traînant, de ces hideux décombres,

Les membres, les cheveux à demi-consumés,

De la nuit du cercueil squelettes exhumés !

Français ! quittez ces murs que votre sang inonde.

Là s'arrête pour vous la conquête du monde.

Votre Empereur, le front vers la terre courbé,

Dans un muet chagrin se retire absorbé,

Et seul, interrompant son silence farouche,

Le nom de Charles douze est sorti de sa bouche.

Sa puissante pensée, abattue un moment,

Se relève : « Guerriers ! dit-il en s'animant,

» Partons , et ne laissons sur tout notre passage

» Que traces d'incendie et monceaux de carnage.

» Puis, gagnant sans danger les rives du Dniéper,

» Reposons-nous à Minsk dans nos quartiers d'hiver,

» Plus tard l'aigle ouvrira par une attaque sûre

» Au cœur de la Russie une large blessure.

» Le monde encor verra ces combats de géans,

» Où deux peuples rivaux comme deux océans

» Roulent l'un contre l'autre, et livrent aux tempêtes,

» Pour terrible jouet, leurs deux cent mille têtes. »

Il parle, mais de près l'armée entend crier :

« Compagnons ! à cheval ! ferme sur l'étrier !

» Au pillage ! au combat ! que le Français nous livre

» L'or qui nous réjouit, le sang qui nous enivre !

» Hourra ! » Comme un torrent, dans le camp épanchés,

Sur leurs chevaux fougueux les longs Kosaks penchés,

Pirates du désert, arrivent et leur lance

De nos braves souvent fatigue la vaillance.

⁂

Le vieux Platof, toujours prodigue de défis [1],

Combat désespéré du trépas de ce fils

Qui sur un coursier blanc, étalon de l'Ukraine,

L'escortait à travers et les monts et la plaine.

D'un hulan polonais le fer l'a terrassé ;

Platof, pour ranimer son corps déjà glacé,

Se précipite... hélas ! la victime tremblante

Ne peut tendre vers lui qu'une main défaillante.

Sa bouche d'où le sang ruisselle à larges flots,

Ne murmure pas même un de ces derniers mots,

Suprême adieu du cœur dont l'âme paternelle

Eût conservé du moins la mémoire éternelle,

Et l'hetman, de son fils déplorant la valeur,

Rugit comme un lion furieux de douleur.

Qu'importent ces Kosaks qui, rangés en prière,

Forment des poils d'un ours une couche guerrière,

Ce tombeau sur un tertre ombragé de cyprès,

Ces coups de feu plaintifs qui résonnent auprès ?

Ce n'est qu'avec du sang qu'il essuîra ses larmes

Et son bras indigné se jette sur ses armes.

Sa troupe est accourue et, l'épée à la main,

Napoléon s'arrête au bord du grand chemin ;

Rapp, craignant pour ses jours une attaque homicide,

Du coursier qui le porte ose saisir la bride.

« Les Kosaks ! ce sont eux ; évitons-les, » dit-il.

Mais voyant le héros s'obstiner au péril,

Quand leur foule barbare avec fureur s'élance,

Il reste, de leur choc soutient la violence,

Et, secondé bientôt d'un essaim de dragons,

Sur des monceaux brisés d'armes et de fourgons

Les disperse et triomphe au même instant peut-être

Où de Napoléon un Kosak était maître !

Ainsi le camp français de dangers en dangers

Franchissant de nouveau ces déserts étrangers,

Passe la Kologha, lorsque soudain s'élève

Un grand cri... des tronçons et de casque et de glaive,

Des drapeaux teints de sang, un sol bouleversé,

De cadavres rempli, de balles traversé,

Ces hauts retranchemens troués par la mitraille,

Tout de la Moskowa retrace la bataille.

Voilà cette redoute où Caulaincourt atteint

Mourut victorieux ! Comme un volcan éteint,

Terrible en son repos, toujours elle domine

La plaine où ses canons vomirent la ruine.

De peur que dans le champ par la mort désolé

Un peuple de héros à sa cause immolé

De ce lit funéraire aussitôt ne se dresse,

En lançant contre lui sa clameur vengeresse,

L'Empereur affligé passe rapidement,

Quand, jetant sur la route un sourd gémissement,

Quelque chose d'humain qui se remue encore [2],

Etonne nos guerriers, du geste les implore;

C'est un soldat français qui d'une faible voix :

« Approchez! du secours! ici, depuis deux mois,

» Tout meurtri, tout sanglant et les jambes brisées,

» Traînant vers ce ravin mes forces épuisées,

» J'ai bu son eau fangeuse, et ma faim a cherché,

» Un soutien dans l'herbage à ses bords arraché.

» De tous les compagnons qui m'entouraient naguère,

» Un seul m'était resté, mutilé par la guerre,

» Mon coursier, qui lui-même auprès de moi gisant,

» Plaignait, fidèle ami, son maître agonisant.

» Je l'ai vu succomber, et de ses chairs impures

» J'ai formé l'appareil posé sur mes blessures;

» Du dernier de ses os la moelle m'a nourri,

» Et son corps entr'ouvert m'a prêté cet abri.

» Achevez mon salut! par charité, par grâce,

» Emmenez-moi, n'importe où j'obtienne une place,

» Au centre de l'armée, en arrière, en avant,

» Pourvu qu'à ce désert vous m'arrachiez vivant,

» Pourvu que parmi vous j'aie à ma suprême heure

» Une main que je serre, un regard qui me pleure,

» Et que chaque rayon du soleil matinal

» Réchauffe mon cercueil dans le hameau natal.

» Oh! ne passez point tous en détournant la tête!

» Sans frissonner d'horreur, qu'un seul de vous s'arrête!

» Voyez! c'est un Français, un de vos vieux soldats,

» Un frère qui demande à mourir dans vos bras. »

A peine, ô malheureux! tes lèvres convulsives

S'efforcent d'exhaler ces paroles plaintives,

Tu meurs... ce front guerrier, aux travaux endurci,

Ce front de vétéran par l'Égypte noirci,

Tout blanchi de frimas, tout sillonné de glace,

S'incline, désarmé de son antique audace.

Pour toi point de tombeau dans ta patrie, et seul

L'hiver te chargera d'un funèbre linceul.

Combien d'autres, couchés au fond de cet hospice,

Invoquent des Français l'assistance propice!

O regrets! oublions tant de pauvres blessés

Sur un lit d'agonie à Kolotskoi laissés;

Oublions ces captifs que le sabre extermine,

Ou qu'en un lent supplice achève la famine.

Couvrons d'un voile épais ces inhumains trépas

Que l'excès du malheur explique et n'absout pas.

Français! résignez-vous! avancez d'un pas ferme

Vers des maux dont le Ciel recule encor le terme.

Plus cruel que la faim, l'incendie et le fer,

Un nouveau combattant accourt... voici l'Hiver.

Novembre commençait, quand d'un climat barbare

La précoce fureur tout-à-coup se déclare.

Par un froid rigoureux tous nos soldats frappés

De profondes vapeurs marchent enveloppés.

Cet astre bienfaiteur qui du haut de sa course,

D'espérance et de vie intarissable source,

De la bonté céleste envoie aux malheureux

Un consolant rayon dans l'éclat de ses feux,

Le soleil disparaît; l'Hiver qui les assiége,

Secouant les replis de son manteau de neige,

Des nuages obscurs, en ravages féconds,

Fait rouler dans les cieux les blanchissans flocons.

Les cavaliers déjà d'une main incertaine

Ont peine à diriger le coursier qui se traîne,

Et dont les fers polis glissent sur le verglas

Que les crampons usés sèment de leurs éclats.

Des fossés, des chemins le vestige s'efface

Et des gouffres cachés la perfide surface

Trompe des fantassins les pieds irrésolus

Qui, tombés une fois, ne se relèvent plus.

Par l'hiver poursuivi, nul guerrier ne l'évite ;

Cet implacable hiver, cet hiver moskovite,

Sur leurs membres perclus, dépouillés à demi,

Gèle leurs vêtemens par son souffle ennemi,

De tourbillons neigeux leur fouette le visage,

Coupe d'un vent aigu leur haleine au passage,

Et la change en glaçons qui, dans l'air suspendus,

Avec leur barbe épaisse y flottent confondus.

S'ils tombent, auprès d'eux le givre qui s'amasse,

De leurs corps défaillans ensevelit la masse.

De l'éternel sommeil avant de s'endormir,

Combien, hélas ! n'ont plus la force de gémir !

Que de pleurs arrêtés aux bords de leurs paupières !

Que de muets adieux à leurs sœurs, à leurs frères,

A la patrie absente, à cet humble hameau

Où l'amour maternel balança leur berceau !

Dans le champ des aïeux si la tombe est légère,

Que son poids est pesant sur la terre étrangère !

⁕❂⁕

Leurs amis, sans les plaindre, errent silencieux,

Privés, avant la mort, de la clarté des cieux ;

L'horizon qui partout de neige se couronne,

Aveugle leurs regards d'un éclat monotone.

Plus de souffle dans l'air ! le seul bruit de leurs pas

Ebranle les chemins encombrés de trépas.

Qu'ont-ils fait de ces jours d'espérance et de joie,

Quand, sûrs de conquérir une opulente proie,

Dans la belle Italie, impatiens du frein,

Ils couraient répétant un belliqueux refrain,

Et quand les vétérans d'une chaude soirée
Par leur verve conteuse abrégeant la durée,
Charmaient de longs récits leurs jeunes compagnons
Etendus auprès d'eux sur l'affût des canons ?
Lorsque la nuit arrive, une nuit de seize heures,
Dans quel abri poser leurs nocturnes demeures ?
Où trouver des rameaux pour allumer les feux ?
De quelques noirs sapins les débris résineux
Ont résisté d'abord ; la flamme enfin l'emporte ;
Sous les ardens brasiers cette nature morte
Un instant se ranime et les soldats assis,
Les coudes appuyés sur leurs genoux transis,
Leurs têtes dans leurs mains, comprimant leur ceinture
Pour apaiser leurs flancs privés de nourriture,
Restent le dos courbé ; mais, ô prompt changement!
Si la chaleur au froid succède brusquement,
Leurs membres détendus s'affaissent, s'amollissent;
Leurs yeux d'un lourd sommeil par degrés se remplissent;

Tout leur sang dans leur cœur se fige et quand demain

On leur crîra : debout ! à vos rangs ! en chemin !

Leurs chefs ne verront plus près de la flamme éteinte

Dont leur foule immobile environne l'enceinte,

Ni se rouvrir leurs yeux, ni se dresser leurs corps...

Le clairon des combats n'éveille plus les morts.

❧❀❧

France! dans tous les lieux où tes bataillons passent,

La nuit comme le jour, leurs cadavres s'entassent.

Creusé par les mourans, le sol de leurs drapeaux

A l'avide étranger dérobe les dépôts,

Et l'étoile du brave, entre leurs dents brisée,

S'engloutit dans leur sein par lambeaux divisée.

De leurs caissons brûlés ils couvrent le terrain ;

Ces machines de mort dont le bruyant airain

Traversa l'ennemi de si larges trouées,

Dans un repos muet languissent enclouées.

O lac de Semlewo ! dans tes flots dévorans

Tu vois précipiter par leurs bras conquérans

Ce butin tout chargé d'une rouille gothique,

Ces armes, du Kremlin dépouille asiatique,

Et cette croix d'Yvan, inutile fardeau !

Vain embarras de gloire aux portes du tombeau !

Comme un vaisseau perdu dans le liquide espace,

L'armée à cette mer et de neige et de glace

Jette, pour s'alléger, les monceaux de trésors

Qui de sa lente marche entravaient les efforts,

Heureuse si, luttant dans ce commun naufrage,

Quelques hommes sauvés abordent le rivage !

>⊛⊰

Puisse l'Hiver enfin désarmer son courroux !

Ennemi plus tenace, il redouble ses coups.

Mon vers sans palpiter osera-t-il redire

De nos braves Français le patient martyre ?

O vieux Dante ! il faudrait t'emprunter ce pinceau,

Qui, du séjour des pleurs retraçant le tableau,

Montre ces malheureux que ton génie attache

Au cercle sans pitié d'un tourment sans relâche,

Et dans le fond d'un lac hérissé de glaçons

Condamne à tressaillir sous d'éternels frissons:

Telle de nos héros la foule abandonnée,

D'un lien de frimas victime emprisonnée,

Laissa toute espérance en franchissant le seuil

De ce terrestre enfer, son immense cercueil !

Nulle part un refuge et partout l'épouvante !

Debout sur des tombeaux, la mort seule est vivante.

Ces armes, instrument de leurs derniers exploits,

Dès que le coup résonne, échappent à leurs doigts ;

Ils veulent les reprendre et, déjà refroidies,

Elles glacent leurs mains qui s'y collent roidies.

Dès long-temps de leurs corps par la souffrance usés

La famine a détruit les ressorts épuisés ;

10

O désespoir ! c'est peu que leur rage dévore

Des chevaux dépecés la chair saignante encore ;

Sur des cadavres nus déjà défigurés

Ils jettent, sans frémir, des bras dénaturés,

Se disputent leur proie, et d'une dent impure

Hommes, osent manger cette humaine pâture,

Tandis que sur leurs fronts de voraces corbeaux

Errent, de leur dépouille enviant les lambeaux,

Et que des chiens à l'œil brillant dans les ténèbres

Mêlent confusément leurs aboîmens funèbres

Aux sauvages hourras qu'au milieu des bivacs,

En brandissant la lance, ont hurlés les Kosaks.

A peine ces héros d'une mourante bouche

Ont-ils pu déchirer leur dernière cartouche,

Leur corps exténué, tâchant de se mouvoir,

Roule abattu; leurs yeux regardent sans rien voir;

Leur stupide pensée ou s'éteint ou s'égare ; [a]

Un rire convulsif de leurs lèvres s'empare,

Et quand sur leur poitrine ils penchent leurs fronts lourds,

Un reste d'existence en mots confus et sourds

S'exhale enfin. O vous qui conservez la vie,

Ne plaignez pas leur sort, mais portez leur envie ;

Car vous leur survivez pour souffrir en détail

De la destruction l'homicide travail.

O Muse des douleurs ! que ton sombre génie

D'un couple infortuné redise l'agonie !

De Louise et d'Edmond l'amour adolescent,

Consacré par l'hymen, d'un bonheur innocent

Environnait leurs jours sous les yeux d'une mère,

Quand l'Europe frémit des clameurs de la guerre.

L'un à l'autre l'honneur va-t-il les arracher ?

Non ; au sort d'un époux fière de s'attacher,

Louise l'accompagne et, forte de tendresse,

Des habits de son sexe abjurant la mollesse,

Fidèle à nos drapeaux dans leur élan vainqueur,

Prend d'un héros français et l'armure et le cœur.

De quel joyeux orgueil a palpité son âme,

Lorsqu'entrant dans Moskou..! Maintenant, jeune femme,

Elle souffre des maux dont nos vieux grenadiers

S'étonnent de subir les assauts meurtriers.

La présence d'Edmond raffermit son courage...

Mais soudain, élancé d'une horde sauvage,

Un Kosak la saisit, et le coursier fougueux

D'un bond précipité les entraîne tous deux,

Vole, arrive et dépose au milieu de la troupe

La charge palpitante attachée à sa croupe.

Les Kosaks, frémissans de lubriques désirs,

De la victime offerte à leurs brutaux plaisirs

Veulent tous à leur chef disputer la conquête;

A l'insulte déjà leur audace s'apprête;

Déjà de ses attraits leur regard s'assouvit;

Déjà leur main profane.... Edmond qui la suivit,

Paraît. Combien l'amour redouble sa vaillance !

Contre les ravisseurs, intrépide, il s'élance,

Les tue ou les disperse... ô douleur ! à quel prix

Ce bien qu'il a perdu, son fer l'a-t-il repris !

Les deux époux blessés sur la neige sanglante

Tombent... ah ! si la mort moins cruelle et moins lente !...

Mais loin du camp français la faim, l'isolement,

La neige et les frimas pour leur seul vêtement,

La douleur de mourir dans l'être que l'on aime,

Ce tourment plus affreux que d'expirer soi-même,

Quel destin !... de l'hiver le souffle glacial

Creuse donc un tombeau sous leur lit nuptial !

D'un rapide bonheur souvenir trop fidèle !

Peuvent-ils oublier la maison paternelle ,

Le soleil de la France !... ô regrets ! aujourd'hui

D'un ciel chargé de deuil aucun rayon n'a lui.

L'épouvante autour d'eux s'étend avec l'espace

Et le silence même a l'air d'une menace.

Puisse quelque ennemi ramasser en courant

Leur couple abandonné qui languit expirant,

Dussent-ils, entraînés dans l'âpre Sibérie,

Épuiser d'un long joug la lente barbarie !

Leur oreille n'entend, leur regard ne voit rien.

Se prêtant l'un à l'autre un débile soutien,

Ils s'efforcent de fuir, d'échapper à leur tombe,

Et leur corps soulevé plus pesamment retombe.

Edmond ! Louise est là mourante auprès de toi,

Mourante sans secours… ô spectacle d'effroi !

Le trépas par degrés dévaste ce visage

De la beauté divine éblouissante image,

Étouffe ces accens dont l'aimable douceur

Semblait des anges même annoncer une sœur ;

Et ces yeux qui brillaient comme une double étoile,

S'obscurcissent couverts des plis d'un sombre voile;

Pour rendre quelque force à son corps languissant,

Pour réchauffer son cœur, tu donnerais ton sang.

L'hiver qui dans tes bras détruit son existence,

L'hiver sera moins prompt à vaincre ta constance.

Hélas! plus malheureux, tu mourras le dernier...

Joignant avec lenteur ses deux mains pour prier,

Louise d'une voix que déjà la mort brise,

Murmure encor ton nom : « Arrête ! ô ma Louise !

» Attends-moi ! lui dis-tu, dans un même soupir

» Puissent nos cœurs aimans tous les deux s'assoupir !

» Voilà donc notre sort, mourir loin de la France !

» Que n'ai-je pu, la gloire embellit la souffrance,

» Succomber sous les coups d'un illustre revers,

» Les armes à la main, aux yeux de l'univers,

» Devant mon Empereur...! mais d'une mort obscure

» Dans le fond d'un désert endurer la torture !

» Mais, lorsque tu péris, par un cruel tourment

» De ton fidèle amour payer le dévoûment !

» Mais voir ton agonie et peut-être y survivre !...

» Non ! jusques au tombeau j'ai juré de te suivre.

» Ne meurs pas la première ou soudain , par pitié ,

» Que Dieu de ton trépas m'accorde la moitié ! »

Alors jetant sur elle une main délirante ,

Tu veux la retenir, et Louise expirante

D'un corps sans mouvement et d'un front sans chaleur

Présente à tes regards la lugubre pâleur.

Que de gémissemens ! que de cris ! que de larmes !

Désespéré , tu vas t'emparer de tes armes ,

Mais un crime du ciel ouvert à sa vertu

Te fermerait l'entrée... Edmond ! qu'espérais-tu ?

Cloué par la douleur sur sa funèbre couche ,

Tes mains entre ses mains , ta bouche sur sa bouche ,

Tu crois la ranimer et, mourant de sa mort ,

Ton courage succombe à cet horrible effort.

Infortunés époux ! en ces lieux solitaires ,

Vos cadavres , privés d'asiles funéraires ,

L'un à l'autre enlacés , ne se quitteront pas

Et dormiront unis dans l'hymen du trépas.

⋘◉⋙

Cependant nos guerriers , caravane perdue

Dans ces déserts de glace à la morne étendue ,

D'un pas découragé se traînaient.... tes remparts ,

O Smolensk ! tout à coup attirent leurs regards.

Ils ont doublé leur marche ; un rayon d'espérance

Sillonne , à ton aspect , la nuit de leur souffrance.

D'abord , frappant les airs de leurs cris affamés ,

Les habits en lambeaux , presque tous désarmés ,

Des hommes effarés , attroupés par centaines ,

Encombrent des deux parts les flancs du Borysthènes ,

Et contre les hauts murs roulent en se pressant ,

Suppliant tour à tour , tour à tour menaçant.

Pour entrer dans Smolensk , leurs confuses cohortes

Attendent que la Garde en ait franchi les portes.

Les magasins qu'en foule ils courent assiéger,

S'ouvrent ; mais d'alimens ardens à se gorger,

Les premiers, expiant leur avide imprudence,

Délivrés de la faim, expirent d'abondance,

Et dans cette liqueur saisie avec transport

Loin de puiser la vie, ils y boivent la mort.

Les autres, entraînés par l'espoir du pillage,

S'égarent dans la ville... hélas! sur leur passage

Ils ne trouvent, déçus en leur cupidité,

Que des Juifs à prix d'or vendant la charité.

Smolensk assure-t-elle un port à leur déroute ?

Non. Smolensk est toujours l'affreuse grande route

Qui traverse au milieu d'une froide cité

Un désert de maisons par la mort habité.

▶✪◀

Debout tel qu'un rocher assailli par l'orage,

Acceptant un malheur égal à son courage,

L'Empereur se résigne et, contraint à céder,

Vaincu par le destin, paraît lui commander.

Venus de tous côtés, des messagers sinistres

Semblent d'un Dieu vengeur les fidèles ministres.

Saint-Cyr a fui Polotsk; hors de Senno Victor

N'étendra pas plus loin son belliqueux essor.

Eugène! dans tes rangs le Wop sur son rivage

A vu Platof vainqueur disperser le ravage;

Tandis que Tchitchakof sur Minsk s'est avancé,

Vers Krasnoë bientôt Kutusof élancé

Préviendra notre marche, et la Russie entière,

Colosse revêtu d'une force guerrière,

De ses bras menaçans, levés pour nous frapper,

Dans un cercle de mort va nous envelopper.

De la terre et du ciel quand la double vengeance

Contre Napoléon s'arme d'intelligence,

Géant audacieux, son front tout foudroyé

Sous les coups du destin n'a pas encor ployé.

Comme si du malheur il avait l'habitude,

Son courage conserve une mâle attitude,

Afin que d'un grand homme avec un grand revers

La lutte gigantesque étonne l'univers.

L'armée, avant de fuir, livrant Smolensk aux flammes,

Laisse un faible troupeau de blessés et de femmes,

Que d'un cœur vainement par leurs cris supplié,

Au soin de son salut elle a sacrifié.

La douleur de chacun dans la douleur commune

S'isole, et l'égoïsme est fils de l'infortune.

Au-dessus d'Elnia cent mille combattans,

Guidés par Kutusof, arrivent haletans;

Près de Napoléon qu'il cotoie ou dépasse,

Ses bronzes tout armés couvrent un large espace.

Nos premiers régimens paraissent; aussitôt

Le canon a grondé; les soldats de Junot

Se troublent; un héros, Excelmans, les ranime

D'un regard où respire un sang-froid magnanime;

Un tertre s'élevait; derrière ce rempart

En bataillon carré bientôt chaque fuyard

Se range, et d'Excelmans l'exemple les décide

A braver des boulets la tempête homicide.

Quand nos vieux grenadiers s'avancent à leur tour,

Mobile forteresse, ils se groupent autour

Du monarque guerrier qu'ils ont nommé leur père;

Son danger a rendu sa présence plus chère,

Et leur fanfare exprime un plaisir orgueilleux '

De protéger ses jours en ce choc périlleux.

On atteint Krasnoë, mais la route est fermée

Aux trois princes que suit le reste de l'armée.

Eugène arrive; Eugène a vu la mort jaillir

De ces coteaux boisés d'où, prompts à l'assaillir,

Les Russes font pleuvoir sur sa troupe immolée

De balles et d'obus une épaisse volée.

Pour amortir ce feu, quels guerriers oseront

Franchir cette hauteur et s'élancer de front ?

Trois cents viennent s'offrir à ce péril sublime,

D'un Vésuve tonnant escaladent la cîme,

Et montent d'un seul pas, Eugène ! quand tu vois,

Débouchant au galop des deux angles du bois,

De nombreux cavaliers une horde bruyante

Précipiter sur eux sa masse foudroyante.

Dévoûment héroïque et digne de succès !

Ils expirèrent tous et tous étaient Français !

La nuit seule termine un combat si funeste.

Espérant des vaincus sauver le dernier reste,

A la faveur de l'ombre Eugène s'écartant

Tourne les ennemis qu'il abuse en partant.

Lorsque tous ses guerriers , retenant leur haleine ,

D'un pas mystérieux s'échappaient dans la plaine ,

Chargé d'un voile obscur , le ciel les protégea.

Les murs de Krasnoë te recevaient déjà ,

Fils de Napoléon ! quand d'une main trompée

Le crédule vainqueur saisissait ton épée.

Un père tout ému t'a serré dans ses bras.

Mais tes deux compagnons , Ney ! Davoust ! sur leurs pas

La Russie , espérant une double victime ,

A-t-elle refermé son dévorant abîme ?

Dans ce gouffre mortel , pour les en arracher ,

L'Empereur se replonge et s'apprête à marcher

Vers l'enceinte où partout de leur artillerie

Les Russes allumaient la bruyante furie.

Leur masse en s'avançant l'eût écrasé... mais non.

Un seul mot les arrête et ce mot , c'est son nom..

Austerlitz ! Marengo ! Wagram ! les Pyramides !

Tout un passé rempli de ces dates splendides

Semble d'un grand génie en rappelant les droits,

Entre eux et lui dresser un bataillon d'exploits.

Ils tremblent d'aborder l'homme que la victoire

Si haut vivant encore a placé dans l'histoire,

Et sa Garde à leurs yeux est un rempart sacré

Dont ce Dieu des combats toujours marche entouré.

Mais Roguet et Mortier soutiennent la bataille.

Les soldats que de près déchire la mitraille,

Tombent sans avancer ni reculer ; la mort

De trois côtés les frappe ; un seul chemin au nord

Demeure libre et sûr ; l'Empereur s'en empare ;

Mortier dont à regret sa valeur se sépare,

Se retire vaincu, mais non épouvanté,

Et, ces lieux, du trépas théâtre ensanglanté,

Comme un champ de manœuvre, ont vu d'un pas tranqu

Trois mille hommes passer devant cinquante mille.

Napoléon enfin traverse Lyadi,

Non plus en conquérant, de la foule applaudi,

Qui, de rois escorté, précédé du tonnerre,

Voyage, ambitieux de ravager la terre.

Il fuit, enveloppé de l'ondoyant tissu [5],

Présent que d'Alexandre il a jadis reçu,

Sans deviner qu'un jour cette épaisse fourrure

Serait une défense au lieu d'une parure.

Un bâton à la main, on le voit se traîner

Lentement, s'arrêter et puis se retourner,

Comme s'il hésitait à laisser en arrière

Un pays où, frappant sa royauté guerrière,

Le destin lui ravit dans ce fatal départ

De l'empire du monde une première part.

Les membres dispersés de l'armée incomplète

Dans les remparts d'Orcha vont rejoindre leur tête.

Davoust a reparu ; Ney seul manque toujours.

Là, durant la longueur et des nuits et des jours,

Napoléon l'attend , quand tout à coup arrive

Le bruit que du Dnieper il a franchi la rive ,

Et prêt à triompher par un suprême effort ,

Pour chasser les Kosaks , réclame du renfort.

Quel sera son sauveur ? toi , magnanime Eugène !

Au repos du bivac dont la lenteur te gêne ,

Tu ravis tes soldats et parcours avec eux

D'un pays inconnu les sentiers ténébreux.

Tes pas , glissant dans l'ombre , errent à l'aventure.

Où marcher ? tes canons , perçant la nuit obscure ,

Résonnent ; à ce bruit , messager de secours ,

Un signal de détresse a répondu ; tu cours.

Ney s'avance... c'est lui ! dans tes bras il se jette.

Ta bouche que d'abord le bonheur rend muette ,

Eclate en cris joyeux... l'un à l'autre rendus ,

Tes guerriers et les siens qui se croyaient perdus ,

Fraternisent ensemble et leurs yeux militaires

S'attendrissent , mouillés de pleurs involontaires.

O prodige ! il survit à cinq jours de combat

Ce héros, tour à tour général et soldat,

Achille dans l'attaque, Ajax dans la retraite,

Grand homme qui grandit jusque dans la défaite,

Et s'élançant du fond d'un gouffre meurtrier,

Par dessus tous les morts n'en sort que le dernier.

Son génie indompté, lutteur opiniâtre,

S'est fait d'un coin du monde un immense théâtre,

Et tel qu'un astre pur, dans la tempête a lui

Pour tant d'autres mortel, mais immortel pour lui.

D'allégresse et d'orgueil Napoléon tressaille,

Comme s'il eût gagné quelque grande bataille :

« J'ai donc sauvé mon aigle et Ney respire encor !

» La victoire, Français ! reprendra son essor.

» Courage ! maintenons la vieille renommée

» Moi, de votre Empereur, et vous, de mon armée.

» De mon génie heureux tant de fois convaincus,

» Les Russes diront-ils que nous fuyons vaincus ?

» Nous cédons à l'hiver. Du moins dans son enceinte

» De nos pas triomphans Moskou garde l'empreinte;

» Des hauteurs du Kremlin nos foudres ont tonné,

» Et bientôt dans les murs de Paris étonné

» Nos aigles sembleront, de si loin revenues,

» Conquérantes du ciel, redescendre des nues.

» Je pourrai dire, à tous fier d'imposer ma loi :

» Le monde est à la France et la France est à moi. »

Ainsi du sort jaloux il croit braver l'outrage,

Et la Bérézina l'attend sur son rivage.

CHANT SIXIÈME.

ARGUMENT.

Les aigles brûlés. — Construction de deux ponts sur la Bérézina. — Trait de hardiesse de Jacqueminot.— Passage de l'armée. — L'Empereur à Smorgoni fait ses adieux aux maréchaux. — Eloge des héros de la campagne de Russie.—Napoléon traverse l'Allemagne. — La Liberté lui apparaît sur les bords du Rhin. — Prédiction.

CHANT SIXIÈME.

La Bérézina.

Français! rappelez-vous ce jour où sur vos têtes,

Présages de combats, éclataient les tempêtes,

Ce jour où dans Boulogne au bruit de vos sermens

L'Océan répondait par ses mugissemens,

Et fougueux messager, roulait vers l'Angleterre

L'écho de vos clameurs qui menaçaient la terre,

Lorsque, vainqueur déjà monté parmi les dieux,

Napoléon, du haut d'un trône radieux,

Roi d'un nouvel Olympe, entre vos mains guerrières

Faisait pleuvoir des croix, des aigles, des bannières.

Ces aigles qu'à vos soins un héros a remis

Et que profanerait le bras des ennemis,

Jetez-les dans les feux, sans répandre de larmes;

Morts, ils seront toujours vos dignes frères d'armes.

Sur la Bérézina quels débris pleins de sang

Ceux qui leur survivront, laisseront en passant !

Le Ciel qui, se chargeant de venger la Russie,

Commença le dégel de cette onde durcie,

L'arrête tout-à-coup; mais, ô fatalité !

L'hiver ne lui rend pas son immobilité,

Et la glace fragile, à moitié désunie,

Cesse de présenter une route aplanie.

Eblé fait de deux ponts par des bras courageux¹

Planter les chevalets dans le fleuve fangeux,

Et bâtir cette route, espérance dernière,

Sans qui de notre armée ou morte ou prisonniè,

Les débris enchaînés dans ce désert lointain

Laisseraient au vainqueur l'Empereur pour butin.

De nos mourans guerriers s'il peut sauver le reste,

Qu'importe qu'à lui seul son zèle soit funeste?

Ni les glaçons tranchans, ni les feux du canon,

Rien n'émeut son génie, il mourra; mais son nom,

Loin que des ans jaloux l'abîme le dévore,

Planera d'âge en âge, éclatant météore,

Tant que sur cette rive on verra se briser

Le fleuve qu'il condamne à l'immortaliser.

＊⊛＊

Auprès de ces travaux Napoléon qui veille,

S'agite, à tous les bruits tend une avide oreille;

Les bivacs ennemis étincèlent toujours.

Le temps presse. Murat qui tremble pour ses jours,

Voudrait qu'avec Grouchy loin des champs du carnage

Son escadron sacré lui frayât un passage,

Et de ses rangs épais le couvrît tout entier,

Comme un vivant rempart de granit ou d'acier,

Dont les canons, du Russe impuissante menace,

N'oseraient entamer l'indestructible masse.

Napoléon s'indigne : « Une fuite ! dit-il,

» Une fuite ! et l'armée ici reste en péril !

» Résistons tous ensemble au choc de la tempête.

» Toi pour qui les dangers ont l'attrait d'une fête,

» Murat ! sur l'autre rive, à nos soldats, demain,

» Ton panache en courant tracera le chemin. »

⊰❈⊱

Cependant l'heure passe et du camp Moskovite

A la clarté du jour les feux s'effacent vite.

Tchaplitz s'est retiré, quand ses nombreux boulets

Pouvaient des ponts naissans briser les chevalets.

Napoléon d'abord croit sa vue abusée ;

Son geste, impatient de la rive opposée,

La montre aux plus hardis. Jacqueminot paraît ;

Un vœu de l'Empereur pour lui c'est un arrêt.

Jeune, ardent, toujours prompt à mépriser l'obstacle,

Il lance son coursier et, vainqueur par miracle,

Après de longs efforts arrive enfin, poursuit

Le reste des Kosaks dont la bande s'enfuit,

En saisit un, l'emporte et, conquête nouvelle,

Le place désarmé sur l'arçon de la selle,

Puis, repasse le fleuve et devant l'Empereur

Jette son prisonnier palpitant de terreur.

❧❀❧

Des Kosaks dispersés quand la sauvage horde

A déserté le sol que notre armée aborde,

Sur le chemin dressé par d'actifs travailleurs,

Les premiers fantassins, les premiers artilleurs

Près de Napoléon que leurs clameurs saluent,

Défilent, mais soudain à flots pressés affluent

Les traînards qui, des bois, des hameaux d'alentour

Quittèrent le refuge aux feux naissans du jour.

Dans un confus amas leur foule concentrée

S'amoncèle et des ponts vient obstruer l'entrée.

D'hommes et de chevaux ce tourbillon mouvant,

En arrière poussé, repoussé par devant,

Roule et des lourds glaçons que le fleuve charrie,

La masse sous leur poids fléchit, éclate et crie.

Au milieu d'un chemin de morts embarrassé

L'Empereur et sa garde ont lentement passé.

Des cadavres plaintifs que son coursier piétine,

Le sang a rejailli jusque sur sa poitrine,

Et pensif, il regarde, en gémissant tout bas,

Cette pourpre, ornement de l'habit des combats !

De ces infortunés dont la plage s'encombre,

Chaque heure, chaque instant ont vu grossir le nombre,

Lorsque les ennemis, combinant leurs efforts,

Osent du double pont envahir les abords.

Wittgenstein et Platof contre la rive gauche

Font tonner le trépas. Sous l'acier qui les fauche,

Comme des épis mûrs tombent dans les sillons,

La mort a moissonné nos faibles bataillons ;

Mais Victor raffermit leurs lignes chancelantes ;

Fournier, Latour-Maubourg par trois charges sanglantes

Des Russes ébranlés vont enfoncer les rangs

Et sauvent des Français les débris expirans.

> ❋

La guerre en même temps sur l'autre plage tonne.

Par Tchitchakof lancée, une longue colonne

Se précipite ; au choc de ses hauts cavaliers

Claparède, Oudinot s'exposent les premiers.

Ney, témoin du danger, partout se multiplie ;

Il vole, agit, commande, et la colonne plie

Devant les cuirassiers qui, guidés par Doumerc,

Pénètrent, sabre en main, dans son flanc entrouvert.

>⊛<

L'Empereur, immobile entre les deux batailles,

Contemple tout le jour ce champ de funérailles,

Où, d'un linceul de neige ensemble revêtus,

Les vaincus, les vainqueurs s'entassent abattus.

A peine le combat retentit, quelle foule

Près des ponts assiégés accourt, se presse, roule,

Et mêle des soupirs ou d'affreux hurlemens

Au bruit de l'aquilon, au choc des élémens !

Quand les premiers boulets ont frappé d'épouvante

De ce chaos humain la masse encor vivante,

Plus de pitié ! les uns, de rage frémissans,

Ont fait passer leurs chars sur des corps gémissans ;

Les autres, dédaignant et prière et menace,

Repoussent leurs amis dont la douleur tenace

Aux pans de leurs manteaux cloue, en les implorant,

Une dent convulsive, un ongle dévorant.

Succombant sans secours, des femmes éperdues

De leurs cris redoublés, de leurs mains étendues

Invoquent leurs époux... une autre, s'enfonçant

Dans les glaçons ouverts du fleuve mugissant,

De ses bras tout raidis élève au-dessus d'elle

L'enfant que sous les flots sa voix mourante appelle.

Mais quel bruit plus horrible? un pont crève et se rompt;

De la fuite aussitôt le chemin s'interrompt,

Dans ce passage étroit la colonne engagée

Recule, se débat et périt submergée,

Quand un groupe nombreux, sur ses pas s'avançant,

La pousse dans l'abîme où lui-même descend.

Vers l'autre pont la foule à la hâte se porte;

De soldats, de coursiers une immense cohorte

Avec fracas s'y brise, et les caissons pesans
Roulent en broyant tout sous leurs poids écrasans.
Les premiers rangs, froissés en cette ardente lutte,
Ont entraîné bientôt le reste dans leur chute.
Les plus forts, surmontant ces débris entassés,
Passent et vers le fleuve au hasard élancés,
Plongent leurs compagnons dans l'homicide gouffre...
De ces actes cruels si l'humanité souffre,
Ah ! qu'elle se console en admirant du moins
Ce Larrey qui partout va prodiguant ses soins,
Et contre les périls armé d'expérience,
Jusques à l'héroïsme élève la science,
Ces chefs compatissans s'attelant aux traîneaux
Pour tirer des blessés les gémissans fardeaux,
Ce frère dont l'amour à son salut préfère
La douceur de mourir sur le cœur de son frère,
Ce hardi canonnier qui d'un bras triomphant
Court à l'onde vorace arracher un enfant,

Tant d'autres... Mais le fleuve à qui la Moskovie

Confia sa vengeance, hélas ! trop assouvie,

Toujours insatiable, ouvre à nos combattans

L'abîme où sous la glace ils tombent haletans,

Et de nos légions dans son sein étouffées

Croit engloutir d'un coup tous les anciens trophées.

Au bruit de ces revers, combien la Seine en deuil

Va gémir étonnée, et quel joyeux orgueil

Dans la cité marchande à nos lois non soumise

Fera bondir les flots de l'avare Tamise !

Le tumulte s'accroît plus effroyable encor,

Lorsqu'en se retirant, la troupe de Victor,

Aux bords qu'elle sauvait, tout-à-coup arrachée,

S'ouvre parmi la foule une large tranchée.

C'est peu que de trépas le fleuve soit comblé.

L'ennemi vient ; le pont par les ordres d'Eblé

S'enflamme et des traînards en stérile fumée

La fragile espérance échappe consumée.

Oh! que de malheureux abandonnés, errans,

Appelant l'autre bord de leurs regards pleurans,

Se désolent, pareils à ces ombres plaintives

Qui du Styx assiégeaient les inflexibles rives!

A la nage tantôt on les voit se jeter,

Tantôt courir au pont et s'en précipiter

A travers les lambeaux des planches qui sous l'onde

Roulent en les suivant dans leur chute profonde.

Là, gelés par le froid, par la flamme brûlés,

Autour des chevalets leurs corps accumulés

Se fracassent; enfin de ces monceaux énormes

Il ne surnage plus que des débris informes,

Et sur les flots déserts de la Bérézina,

Plus affreux que les cris, le silence régna.

Mais au bord opposé la lutte se prolonge.

En de vastes marais la route qui se plonge,

Sur trois ponts successifs voit nos derniers soldats

Diriger vers Zembin la fuite de leurs pas.

Fantassins, cavaliers, chevaux, tout s'amoncèle,

Tout se heurte. Malheur à qui tombe ou chancèle !

L'abîme l'engloutit et l'ouragan du Nord

Aux plaintes des mourans joint son lugubre accord.

Lamentable concert! dissonnante harmonie

Qui d'un monde en ruine annonce l'agonie !

⊰❈⊱

L'homme dont le soleil fêta les longs exploits,

Dans ces jours désastreux, pour la première fois,

Contemplant l'horizon couvert d'un sombre voile,

Chercha, dit-on, en vain, son infidèle étoile,

Et pour la remplacer, l'astre aux cheveux épars [2],

Prophète de malheurs, consterna ses regards:

Telle on vit dans les airs se traîner la comète,

Du trépas de César flamboyante interprète ;

La terre s'agita ; la foudre retentit,

Et, muet de terreur, l'univers pressentit

Quel vide laisserait dans les destins de Rome

Le génie amassé sur le front d'un seul homme.

Soldats ! Napoléon va bientôt vous manquer ;

Le sort de toutes parts semble le provoquer,

Et le bruit d'un complot tramé dans son absence

Vient du fond de Paris alarmer sa puissance.

Il s'irrite, indigné qu'un profane attentat,

Du faux bruit de sa mort osant troubler l'état,

Menace insolemment, lorsque son fils respire,

L'hérédité du trône et les lois de l'empire.

Le salut de la France exige son retour ;

Il assemble les chefs, mais non plus au grand jour,

Tel que sous les lambris de la pompeuse salle

Que sa cour remplissait d'une foule vassale,

D'un splendide appareil monarque environné,

Il déroulait aux yeux du Conseil étonné

Les plans qui jaillissaient de sa tête féconde

Beaux comme le soleil, vastes comme le monde.

C'est le soir; tout annonce une nuit de malheur;

Par la bouche d'Eugène il fait lire, ô douleur!

Du désastre commun le bulletin funèbre,

Cette page historique affreusement célèbre,

Testament d'héroïsme où d'un peuple guerrier

La patrie apprenant le retour meurtrier,

Frémira d'écouter la plainte déchirante

Et le dernier soupir de l'armée expirante.

Souvent son geste bref et ses brusques discours

De la longue lecture interrompent le cours,

Et du choc de pensers qui dans son sein fermente,

Son langage trahit l'orageuse tourmente:

« O vous, dit-il, ô vous, mes braves compagnons,

» Par l'hiver désarmés, si nous nous éloignons,

» Si le climat de fer d'une terre marâtre

» Prolonge contre nous sa lutte opiniâtre,

» Notre mâle constance illustre le pays,

» Et fait honte au destin de nous avoir trahis.

» Mais il faut nous quitter, je pars... » Tous les visages

Pâlissent assombris de douloureux présages ;

Dans tous les rangs circule un sourd frémissement,

Et le héros ému poursuit rapidement :

« Je pars ; votre intérêt, mon devoir, tout l'ordonne [3] ;

» Si j'ai l'épée en main, au front j'ai la couronne.

» Mallet, un insensé, voulait en conspirant

» Me disputer mes droits et me ravir mon rang.

» Mes titres, mes aïeux sont mes jours de victoire ;

» Le seul roi légitime est l'élu de la gloire.

» Je reparais ; vaincus d'un regard du géant,

» Les nains conspirateurs rentrent dans le néant.

» Reine des nations, mais toujours ma sujette,

» Entre mes bras puissans la France encor se jette.

» J'assemble des soldats, et vengeant nos revers,

» Je repasse le Rhin et reprends l'univers.

» Maintenant, pour sauver les débris de l'armée,

» Il faut d'un chef hardi la grande renommée,

» Serait-il parmi vous un seul qui murmurât

» Du chef que je choisis, quand ce chef est Murat?

» Adieu! le sort nous doit d'illustres représailles

» Et je vous reverrai sur les champs de batailles. »

※

L'Empereur, dans ses bras tour-à-tour les pressant,

Se retire en silence, et le vent mugissant,

Un ciel sombre et glacé, leur douleur taciturne,

Tout augmente le deuil de ce départ nocturne.

Ces guerriers qui vingt ans, sur le sol ennemi,

Du sommeil des bivacs sous la tente ont dormi,

Dans cette longue nuit où veillent leurs alarmes,

Ont cru perdre en lui seul tous leurs compagnons d'armes

On dirait un grand corps d'où l'âme a déjà fui.

Demain, lorsque du jour le feu pâle aura lui,

L'armée, hélas ! réduite à sa dernière épreuve,

De son héros vivant apprendra qu'elle est veuve.

Il est parti... jadis, quittant les bords du Nil,

Irrité des lenteurs d'un belliqueux exil,

Il revint, radieux d'espoir et de jeunesse,

Tel qu'un soleil levant qui monte avec vitesse,

Et, s'emparant des cieux, de son front matinal

Verse au monde ébloui l'éclat oriental;

Si cet astre, entouré d'une immense milice,

Long-temps de la victoire a marqué le solstice,

Aujourd'hui des hauteurs de son zénith ardent

Il descend se plonger dans les mers d'Occident.

⁂

Le camp où son génie occupait tant d'espace,

Mesure avec effroi le vide de sa place,

Et, courroucé de voir s'échapper l'Empereur,

L'inexorable hiver redouble de fureur.

Plus d'ordre, plus de rangs, plus de loi qui protége!

Aux aigles quelques chefs seulement font cortége;

Les autres, les pieds nus, sous de grossiers haillons,

Ne songent plus qu'à fuir; de tous ses bataillons

La vieille Garde sauve à peine un faible nombre

Et de la grande armée il ne reste qu'une ombre!...

Mais non; son désespoir lutte avec les destins.

Que d'héroïsme brille en ses regards éteints,

Et, combien sa fierté, digne du monde antique,

Conserve dans sa chute une pose athlétique!

L'hiver l'accable en vain du poids de son courroux.

Murat! Davoust! Eugène! elle renaît en vous,

Ou plutôt dans toi seul elle respire toute,

Brave des braves, Ney! le dernier sur la route,

Tu soutiens sa retraite, et son aigle en fuyant

Lance encor les éclairs d'un regard foudroyant.

A Vilna, dans Kowno ton invincible glaive

Derrière les Français, comme un rempart, s'élève.

Debout, la tête haute et les pieds affermis,

C'est-là que, harcelé par cent mille ennemis,

Du rang le plus obscur tu fais le plus beau poste.

Que n'y peux-tu mourir, immortel holocauste !

Mais toujours menacé, jamais tu ne tombas,

Et le sort qui t'épargne au milieu des combats,

Laissera, s'égarant dans la guerre intestine,

Un plomb concitoyen déchirer ta poitrine !

D'une cause héroïque infortuné martyr [4],

Poniatowsky ! ces flots, ouverts pour t'engloutir,

Du sceptre polonais que te devait la France,

Engloutiront en toi la superbe espérance.

Murat ! les coups d'un sbire abattront ce cimier

Qui toujours aux périls s'élança le premier.

Trévise! pour ton front, relique des batailles,

Une sanglante fête aura des funérailles.

Heureux ceux qui du moins mourront ensevelis

Dans quelque vieux drapeau d'Arcole ou d'Austerlitz!

Plus heureux, en nos jours de tempêtes publiques,

Ceux qui, vivans encor, triomphateurs civiques,

De leur glaive éprouvé par tant d'anciens exploits

Feront un mur de bronze au temple de nos lois!

D'un filial tribut de respect et de gloire

Couvrons, enfans pieux, leur vie ou leur mémoire.

Sur le sol étranger, d'un peuple de héros

Si le vent du trépas a desséché les os,

Dans nos âmes pour eux dressons un sanctuaire.

Où retrouver, hélas! leur couche mortuaire?

L'Angleterre à prix d'or marchandant leurs débris,

Les a dépossédés de leurs derniers abris,

Et du gain que produit leur poussière héroïque [5],

Son avide industrie impunément trafique.

Mais, outrage impuissant! l'écueil qu'ils ont bravé

Garde en traits immortels leur souvenir gravé :

Tels ces navigateurs que sur la mer lointaine

Vers le détroit du pôle un vaste espoir entraîne,

Jaloux de découvrir le passage inconnu,

S'élancent, quand soudain leur vaisseau retenu

Ne peut, heurtant du Nord l'éternelle barrière,

Étendre plus avant sa course aventurière ;

Trahis des élémens, dans la glace échoués,

Auprès de leur conquête ils périssent cloués,

Mais leur nom radieux, s'élevant d'âge en âge,

Domine les débris de leur hardi naufrage,

Phare hyperboréen que sur ces hauts sommets

La sombre nuit des temps n'obscurcira jamais.

Tandis qu'à ces guerriers, courageuse hécatombe,

Dans un lit de frimas l'hiver creuse une tombe,

Quel est l'homme qu'emporte un traîneau fugitif ?

Est-ce le conquérant que l'univers craintif

Hier encor voyait de chaque capitale

Parcourir d'un seul bond la route triomphale ?

Solitaire, il s'enfuit : tels Cambyse et Xerxès,

Punis d'avoir rêvé de monstrueux succès,

Repassèrent, vaincus, les sables et les ondes

Où leur fureur de gloire avait traîné des mondes,

Quand de tous leurs soldats il n'en resta pas un

Pour pleurer avec eux sur le tombeau commun.

Quel retour ! et combien de lugubres pensées

Dans son sein orageux se heurtent balancées !

Il songe au roi de Rome, à ce laurier nouveau

Qu'il devait rapporter au pied de son berceau.

Dans chacun des pays que sa course traverse,

Il lui semble déjà que le destin renverse

Un de ces échelons d'états et de duchés

Qu'à la pointe du glaive il suspend attachés.

Dans l'ombre de la nuit vision vengeresse,

De ses prochains revers le fantôme se dresse ;

Les vents à son oreille apportent sourdement

Des soldats qui mourront le long gémissement.

Il entend, ô Leipsik ! non loin de tes murailles

L'Elster enfler ses eaux grosses de funérailles,

Et dans le sang français qui ruissèle partout,

Du Rhin confédéré la ligue se dissout.

Tous les peuples vaincus réclament leur revanche.

Du fond de leurs déserts, foudroyante avalanche,

Ils roulent et du Nord les nombreux potentats

D'un déluge barbare inondent ses états.

Sa fuite va du Rhin atteindre la barrière,

Lorsqu'essuyant les pleurs qui gonflaient sa paupière,

Et, soulevant un front que sous des fers pesans

Le belliqueux despote avait courbé douze ans,

L'image d'une femme à la marche imposante

Dans un songe vengeur devant lui se présente :

« Je suis la Liberté ! méconnais-tu ma voix ?

» Appuyé sur mes mains , tu montas au pavois.

» Mais mon pouvoir fléchit sous ton règne éphémère,

» Et c'est toi, fils ingrat , qui renias ta mère !

» Un rêve ambitieux aveuglait tes esprits.

» Tu gouvernais ton siècle et ne l'as pas compris ;

» Fatigué de te suivre aux deux bouts de la terre ,

» Il te disait : la paix ! tu répondais : la guerre !

» Peut-être voulais-tu , conquérant sans aïeux ,

» Baptiser dans le sang ton front victorieux ,

» Te vieillir par la gloire et chercher dans l'espace

» Ce prestige des ans qui manquait à ta race.

» Ton empire avec toi périra tout entier ;

» Comme il n'eut pas d'ancêtre, il n'a pas d'héritier.

» Non : avec les débris du fauteuil consulaire

» Tu n'as pu te fonder un trône séculaire ;

» Au mépris de mes droits ce trône improvisé

» Par le glaive construit , par le glaive est brisé.

» Vois-tu de toutes parts ces drapeaux qui s'unissent?

» Entends-tu ces coursiers qui de fureur hennissent?

» Des ports de la Baltique aux confins de l'Oural,

» Du Caucase au Danube un élan général

» Ébranle la Russie et ses hordes sauvages

» Du Rhin et de la Seine appellent les rivages.

» La victoire à regret trahit tes étendards ;

» Paris voit l'étranger campé dans ses remparts [6],

» Et le pied des chevaux qu'un Kosak aiguillonne,

» Eclabousse, en passant, l'airain de ta colonne.

» Au fond du Nord en vain ta vaste ambition

» Croyait poursuivre, atteindre, écraser Albion ;

» Le léopard triomphe et, pour comble d'injure,

» L'aigle reçoit de lui sa mortelle blessure.

» Hécatombe qui meurt et qui ne se rend pas,

» Dix-huit mille guerriers jonchent de leur trépas

» Les champs de la Belgique, écueil où de l'Empire

» Un éclatant naufrage engloutit le navire.

» Ton crédule héroïsme, inclinant son orgueil,

» Du foyer britannique ose aborder le seuil ;

» Le vainqueur te repousse, et l'océan complice

» T'entraîne au roc désert chargé de ton supplice.

» Dans l'étroite prison où ce peuple geôlier

» A ton cou d'empereur jette un honteux collier,

» Ton œil, toujours armé d'un stoïque courage,

» De l'uniforme anglais subit le long outrage ;

» Déchu de l'univers, déshérité d'un fils,

» De tes lâches gardiens tu braves les défis,

» Et lorsque sonne l'heure où ta force succombe,

» Pas un soldat français ne fait feu sur ta tombe.

» Un saule, de ses pleurs ombrageant ton cercueil',

» Voilà le seul ami qui portera ton deuil.

» Mais que ta cendre esclave y dorme consolée !

» Ta gloire du sommet d'un lointain mausolée

» Plane sur l'océan, comme on voit dans les airs

» Monter la pyramide, ornement des déserts.

» S'il lui faut dans Paris un plus vivant emblême ,

» Aussi chère aux Français que la Liberté même[8] ,

» Sublime , elle respire en cet arc colossal

» Qui , dressant vers la nue un front monumental ,

» D'un âge belliqueux étale l'épopée

» Ecrite sur la pierre à larges coups d'épée.

» Dieu des combats, c'est là ton temple et ton autel.

» Ton sceptre est passager, ton glaive est immortel.

» De chaque nation l'hommage tutélaire

» Sert de fidèle escorte à ton nom populaire ;

» Car tu sortis du peuple et c'est le peuple en toi

» Qui s'est créé grand homme et s'est couronné roi.»

⁂

Le héros étonné comme si l'anathème ,

Tombé du haut des cieux, brisait son diadême ,

S'applaudit toutefois d'entendre l'avenir

De ses exploits géans chanter le souvenir.

Frappé du double arrêt qui s'attache à sa suite,

Vers la France toujours il dirige sa fuite.

Soleil de son départ, qu'es-tu donc devenu ?

Dans ses propres états voyageur inconnu,

Il passe et, renfermé dans le silence et l'ombre,

Affrontant de Décembre une nuit froide et sombre,

Sans soldats, sans escorte il rentre en son palais...

Trois ans après, captif sur un navire anglais,

Nous laissant d'étrangers la France toute pleine,

Le vainqueur de Moskou voguait vers Sainte-Hélène.

FIN.

NOTES.

Notes du Chant premier.

———◆◆◇◆◆———

 Je trempais de mes pleurs les récits meurtriers
De ces combats du Nord qui voyaient nos guerriers,
Vaincus des élémens dans l'âpre Moskovie,
Ne céder qu'aux frimas le triomphe et la vie.

L'armée française dans cette immortelle campagne
de Russie a presque toujours été victorieuse les armes
à la main ; ce n'est que devant l'hiver qu'elle s'est re-
tirée. Les Russes eux-mêmes ont rendu hommage à
sa bravoure en disant : « Ce n'est point le général
Kutusof, c'est le général Morosof (la gelée) qui a
détruit les Français. »

² L'ambitieux héros du drame de Brumaire.

M. Camille Paganel, dans son *Essai sur l'établissement monarchique de Napoléon*, fait de judicieuses
réflexions au sujet de cet événement que les uns ont

exalté comme la clôture de l'anarchie, que les autres ont déploré comme le dernier jour de la liberté.

« Certes, dans les circonstances critiques où se débattait la République, il fallait qu'une main ferme saisît le timon des affaires ; mais il fallait aussi qu'un dévouement réel au pays et une sincère abnégation de soi-même justifiassent cette intervention, extra-ordinaire comme les circonstances et de si redoutable exemple. La force devait, s'arrêtant dans sa victoire, en modérer les conséquences, ne pas traiter la légalité en pays ennemi, ne pas fouler aux pieds, déchirer par le sabre, jeter en lambeaux à la foule la toge législative.

» Si, en de certaines extrémités, l'intervention de la force devient nécessaire, une nécessité non moins impérieuse c'est de toujours respecter la représentation du pays ; car quelques membres ont pu manquer au pays sans donner le droit de manquer au grand corps dont ils font partie. Pour user sans dommage d'un tel remède, il faut ne pas mettre la main sur la représentation, mais lui montrer son isolement des masses qui se sont retirées d'elle, et, par le sentiment de son impuissance, la paralyser. En un mot, pas d'exécution à faire, pas d'assaut à la tribune, mais une démission à emporter.

» Dans la pensée de Bonaparte, le 18 brumaire était excusé par le 18 fructidor ; mais, contrainte d'abdiquer, il fallait que la représentation nationale pût encore trouver respect en traversant les rangs de l'armée et de la nation.

»Toujours est-il que la majorité des opinions applaudit au **18 brumaire**; chacun, à son point de vue, y trouvait une espérance de liberté, d'ordre ou de restauration; beaucoup surtout souriaient à un avenir de fortune.

» La dangereuse portée d'un événement attentatoire, au moins dans la forme, à l'expression extérieure de la majesté nationale, ne fut bien comprise que de ce petit nombre d'hommes en qui réside d'ordinaire toute l'intelligence politique d'une nation. »

³ **Alexandre nous brave !**

Les trois griefs de Napoléon étaient: 1° l'ukase du 31 décembre 1810 qui prohibait l'importation en Russie de la plupart des marchandises françaises et détruisait le système continental; 2° la protestation d'Alexandre contre la réunion du duché d'Oldenbourg; 3° les armemens de la Russie.

Ecoutons Napoléon lui-même qui expose ainsi ses sujets de plainte dans le *Mémorial de Sainte-Hélène* (Tome III).

« Depuis quelque temps il s'était élevé de la mésintelligence entre la France et la Russie.

» La France reprochait à la Russie la violation du système continental.

» La Russie exigeait une indemnité pour le duc d'Oldenbourg, et élevait d'autres prétentions.

» Des rassemblemens russes s'approchaient du duché de Varsovie; une armée française se formait au

nord de l'Allemagne. Cependant on était encore loin
d'être décidé à la guerre, lorsque tout à coup une
nouvelle armée russe se met en marche vers le Duché
et une note insolente est présentée à Paris, comme
ultimatum, par l'ambassadeur russe qui, au défaut de
son acceptation, menace de quitter Paris sous huit
jours.

» Je crus alors la guerre déclarée. Depuis long-temps
je n'étais plus accoutumé à un pareil ton. Je n'étais
pas dans l'habitude de me laisser prévenir ; je pou-
vais marcher à la Russie, à la tête du reste de l'Europe ; l'entreprise était populaire, la cause était européenne ; c'était le dernier effort qui restait à faire
à la France. Ses destinées, celles du nouveau système étaient au bout de la lutte. La Russie était la
dernière ressource de l'Angleterre ; la paix du globe
était en Russie et le succès ne devait point être dou-
teux. Je partis. »

[1] **Le grand homme toujours contemple son étoile.**

Soit penchant à la superstition, soit conscience de
son génie, Napoléon avait foi dans son étoile. M. le
comte Philippe de Ségur rapporte, dans son *Histoire
de Napoléon et de la grande armée pendant l'année* 1812
(livre II, chapitre 3), que vers la fin de 1811 le cardi-
nal Fesch conjura l'Empereur de ne pas défier im-
prudemment les hommes et les élémens, la terre et
le ciel, et lui témoigna la crainte de le voir succomber. L'Empereur, pour toute réponse, le conduisit

à la fenêtre et lui dit : « Voyez-vous là haut cette
étoile ?—Non, Sire.—Regardez bien.—Sire, je ne
la vois pas.—Eh bien ! moi, je la vois. »

⁶ Un monde de soldats, des maréchaux, des princes.

Napoléon partit le 9 mai 1812 du palais des Tuileries, après avoir mis en mouvement des masses propor-
tionnées à la grandeur de l'expédition. Le montant
s'en élevait à 680,500 hommes et à 176,850 chevaux,
d'après le calcul établi par M. Eugène Labaume dans
sa *Relation circonstanciée de la campagne de Russie en
1812*. La France s'avançait contre la Russie à la tête
des deux tiers de l'Europe. Aucune guerre n'avait jamais été précédée de si gigantesques préparatifs ;
aucune aussi ne devait être suivie de résultats si
terribles.

La muse française n'a pas encore traité dans toute
son étendue un sujet aussi douloureusement poétique
que nos désastres de 1812. M. Randon du Thil l'a pris
pour texte d'une épopée dont il a lu plusieurs frag-
mens dans des assemblées littéraires, et ces lectures
doivent vivement faire désirer la publication de son
travail.

Un homme qui sait allier à un grand mérite finan-
cier le goût de la poésie ancienne et moderne, et qui
a plus de littérature que beaucoup de nos littérateurs
à la mode, M. Collot a commencé un poème sur la
guerre de Russie ; puisse-t-il avoir le loisir et la pa-

tience de l'achever ! Nous avons compris dans un volume de poésies publié en 1827 une ode qu'on nous permettra de reproduire ici.

LA CAMPAGNE DE RUSSIE.

« Voilà, voilà Moscou ! Moscou, la ville sainte !
» Voilà ces clochers d'or promis à nos drapeaux !
» Le glaive des combats nous ouvre son enceinte.
» Marchons ! toujours la guerre et jamais le repos!
» Que de l'Ebre au Volga, de l'un à l'autre pôle,
    » L'aigle orgueilleux s'envole
    » De succès en succès.
» Au cœur de la Russie accourons tous en foule,
 » Et que de son pouvoir le colosse s'écroule
  » Au seul bruit du canon français ! »

Ainsi chantaient les voix de ces peuples de braves
Qui, sous leurs pas lointains ébranlaient l'univers,
Et traînant à leurs chars les monarques esclaves,
Distribuaient partout les sceptres ou les fers.
Sous les feux du soleil, leurs lances meurtrières,
    Leurs casques, leurs bannières
    Brillaient de toute part,
Et tous, battant des mains, poussant des cris de joie,
Prêts à fondre en vainqueurs sur leur nouvelle proie,
  La dévoraient d'un seul regard.

Ils s'avancent.... Mais, ô surprise !
Que devient ce peuple nombreux ?
Les clefs de la cité conquise
Marchent-elles au-devant d'eux ?
Non : quel désert et quel silence !
Leurs pas de cette ville immense
Ont seuls éveillé les échos.
Voilà le prix de vingt batailles !
N'ont-ils conquis dans ces murailles
Que des cendres et des tombeaux ?

Depuis quand le vaincu ne veut-il pas se rendre ?
O Français ! redoutez ce peuple, enfant du Nord,
Qui jusque dans sa fuite habile à se défendre,
Peut-être pour adieux vous laissera la mort.
En vain la renommée a publié sa perte :
      Dans sa ville déserte
      Tremblez d'asseoir vos camps !
Ce sol aux flancs glacés renferme plus d'un piége,
Et quelquefois les monts que couronne la neige
      Dans leur sein cachent des volcans.

O terreur ! regardez ! une flamme hardie
Brûle ces toits de fer, ces dômes, ces bazars.
Ecoutez ! l'aquilon promène l'incendie
Des tours de l'Arsenal jusqu'au palais des Tsars.
Accomplis, ô Moscou ! l'immense sacrifice
      Qu'au bord du précipice
      Dieu même t'inspira.
Tu vas, comme un phénix, renaître de ta cendre ;
Dans un tombeau de feu quand tu parais descendre,
      C'est ta mort qui te sauvera.

Entre l'honneur, entre la honte
Ton peuple n'hésita jamais.
Poursuis ! Comme une autre Sagonte,
Échappe à l'Annibal français.
Que ta flamme patriotique
Du trésor de ta gloire antique
Déshérite le conquérant.
Dévoûment terrible et sublime !
Le Français tombé ta victime,
Ne te maudit qu'en t'admirant.

Mais quel homme, assiégé par un cercle de flamme,
Contemple sans pâlir ce vaste embrasement ?
C'est toi, Napoléon ! Oui, c'est toi ; ta grande âme
Vole au devant du feu comme à son élément.
Il semble à ton aspect que toute ton armée
      Se lève ranimée
      Du fond de son cercueil.
Ton génie est pour elle un ardent météore....
Mais bientôt cet éclat que ton nom jette encore,
    S'éteindra, voilé par le deuil.

Guerrier qui t'es fait roi, mais qui seul te détrônes,
Ta course ambitieuse est fixée au Kremlin ;
Ton astre impérial, surmonté de couronnes,
Sous les frimas du Nord penche vers son déclin.
Géant, maître en espoir du trône de la terre,
      Ce trône solitaire
      Chancelle en s'élevant.
N'étends plus tes deux mains pour saisir ce royaume....
Sa conquête à tes yeux s'enfuit comme un fantôme
    Avec les cendres et le vent !

Ce Dieu, vengeur de la justice,
Ce Dieu, le Dieu des nations,
Sur ton épée usurpatrice
Jeta ses malédictions.
Ennemi de toute conquête,
Souvent il relève la tête
Du peuple un moment abattu ;
L'oppresseur devient sa victime ;
Car dans l'attaque il voit un crime,
Dans la défense une vertu.

O présage d'effroi ! dans la cité brûlante,
La main de l'Éternel allumant un flambeau,
Te montre, à la clarté de ta gloire sanglante,
L'exil, une prison, un rocher, un tombeau.
Vainement l'univers sans cette main divine,
    Armé pour ta ruine,
    Se lève tout entier.
A la voix de la terre, il faut que le Ciel même,
Terrible exécuteur de son propre anathème,
    Descende pour te châtier.

Vois des flancs où le Nord amasse la tempête,
Accourir un géant qui, roi de ces climats,
Unira, pour hâter ta ruine complète,
A ces torches de feu son sceptre de frimas.
C'est l'Hiver : tes guerriers les pieds nus, le front morne,
    Dans ces déserts sans borne
    Devant lui s'enfuiront ;
Ce n'est pas l'ennemi dont le canon les chasse :
A l'ennemi vainqueur s'il faut montrer leur face,
    Ils ne fuiront plus ; ils mourront.

Les voilà ces fils de la guerre,
Qu'au bruit du tambour belliqueux,
L'Europe vit passer naguère
En se prosternant devant eux !
Où sont ces lances éclatantes,
Ces casques aux plumes flottantes,
Ces cuirasses aux rayons d'or ?
L'hiver leur ravit ces parures ;
Mais sous leurs dépouilles obscures
Que d'héroïsme brille encor !

Quoi ! ces rangs allongés de hordes fugitives,
Ce tumulte confus de traîneaux et de chars,
Cette croix gigantesque et ces femmes captives,
Ces mousquets mutilés, ces lambeaux d'étendards,
Ces longs convois d'enfans et de vieillards en larmes
   Chassés devant nos armes
   Comme de vils troupeaux,
Tout ce ramas encore est-il la grande armée ?
Oui, car toujours debout, sa vieille renommée
  N'a pas déserté ses drapeaux.

Mais de quel deuil muet votre front s'enveloppe,
O guerriers ! c'est donc là le fruit de tant d'exploits !
Vous retenez ces chants dont frémissait l'Europe !
Vous baissez ce regard qui fit pâlir les rois.
Le froid glace vos yeux pleins de larmes sanglantes ;
   Vos armes chancelantes
   Tombent de votre main,
Et sur des monceaux d'or, cette main affamée
Se dispute une chair encor toute animée,
  Ou s'arrache un morceau de pain.

Fuyez donc ces plaines sauvages
Où seul respire le trépas ;
Fuyez.... mais non ; sur ces rivages
Un fleuve a retenu vos pas.
Malheureux ! quel hideux mélange
De drapeaux traînés dans la fange',
De soldats sans armes , sans rangs ,
Du bronze tonnant sur vos têtes
Et du sifflement des tempêtes
Qui répond aux cris des mourans !

D'hommes et de coursiers quels flots immenses roulent !
Que de rangs abattus ! que de chars fracassés !
Et sur ces ponts étroits dont les arches s'écroulent
Que d'escadrons épars succombent entassés !
Sur ces glaçons mouvans cette troupe emportée ,
        Par les flots ballotée ,
        Tombe avec son soutien ;
Tout disparaît.... D'abord des cris sourds retentissent ;
De moment en moment les plaintes s'affaiblissent ,
    On écoute.... On n'entend plus rien.

Puisse de ces revers l'exécrable mémoire
Périr dans cette nuit, s'engloutir dans ses eaux !
Jetons sur ces horreurs le voile de la gloire ;
Oublions des forfaits absous par tant de maux,
Ces guerriers se frayant des routes homicides
        Sur ces têtes livides ,
        Sur ces sanglans débris ,
Et repoussant loin d'eux ces mères éperdues
Dont les yeux supplians et les mains étendues
    Semblent dire : Sauvez nos fils !

Pleurez, Français ! La grande armée
Pousse un dernier gémissement.
Aux revers inaccoutumée,
Elle a cédé, mais noblement.
En fermant l'œil à la lumière,
Tous baisaient.l'aigle et la bannière
Que leur sabre encor défendait.
S'ils succombaient loin de la France,
Leur mort avait sa récompense....
Napoléon la regardait.

O de tant de Français dévoûment inutile !
Que d'hommes immolés pour la cause d'un seul !
Quelle hécatombe immense!.... Ils étaient trois cent mille
Et la neige devint leur funèbre linceul.
O toi, brave guerrier, l'Ajax de notre armée,
         Ney ! quelle renommée
         Ton bras sait conquérir !
Héros toujours fidèle à l'honneur militaire,
Que n'as-tu succombé dans les champs de la guerre !
         C'était là qu'il fallait mourir.

Et vous, vivans débris de ces combats célèbres
Perdus pour la patrie et gagnés pour l'honneur,
Vétérans échappés à tant de jours funèbres,
Goûtez dans vos foyers un glorieux bonheur ;
Là, fiers de vos exploits, parés de vos blessures,
         De vos vieilles armures
         Etalez les trésors ;
Déployez vos manteaux criblés par la mitraille
Et dites : « Nous étions à la grande bataille
    » Que la Moskwa vit sur ses bords. »

Levez, levez avec audace
Ces nobles fronts cicatrisés,
Que n'a pas désarmés la glace,
Que la foudre n'a pas brisés.
Seul reste de mille naufrages,
Vos noms, chargés de nos suffrages,
De siècle en siècle grandiront.
L'honneur vous tient lieu de victoire;
Comme il est des succès sans gloire,
Il est des revers sans affront!

Notes du Chant second.

---

[1] Lorsque, nouveau spectacle offert aux spectateurs,
Un parterre de rois applaudit ses acteurs.

J'ai cru pouvoir transporter à Dresde ce que l'on raconte de l'entrevue d'Erfurt où Napoléon, qui avait pour courtisans presque tous les souverains de l'Europe, disait à son acteur favori : *Talma, vous aurez ce soir un parterre de rois.*

[2] La veille, jusqu'au fleuve arrivé le premier,
Abattu sous les pas de son ardent coursier,
Il roula sur la grève.

M. de Ségur parle ainsi de cette chute de l'Empereur (livre IV, chap. 2) : « Comme il paraissait devant cette rive, son cheval s'abattit tout à coup et le précipita sur le sable. Une voix s'écria : ceci est d'un mauvais présage ; un Romain reculerait. On ignore

si ce fut lui ou quelqu'un de sa suite qui prononça
ces mots. »

³ L'active baïonnette ouvre un sable enflammé.

M. Labaume prétend qu'à cette époque la chaleur
fut si violente que Napoléon se vit contraint d'accor-
der du repos à l'armée. Tous ses anciens compagnons
de l'expédition d'Egypte assuraient que le soleil de
ce pays n'était pas plus brûlant que ne l'était alors
celui de la Russie. Les troupes dont les bivacs étaient
éloignés des rivières, souffraient cruellement. Les
soldats pour avoir de l'eau, creusaient la terre à
l'aide de leurs baïonnettes, mais cette eau était si
bourbeuse qu'ils ne pouvaient la boire qu'après l'a-
voir tamisée avec leur mouchoir.

⁴ Si dans ce champ, par eux nommé le champ sacré,
  Le Polonais souvent succomba massacré.

« Le plateau de Valoutina, dit M. Labaume, était
d'autant plus intéressant à défendre pour les Russes
que cette position, indépendamment de sa force
réelle, était regardée comme inexpugnable, puisque
dans les anciennes guerres les Polonais y avaient
toujours été battus. De là les Moskovites, par l'effet
d'une tradition religieuse, rattachaient à ce plateau
l'espérance de la victoire, et l'avaient décoré du titre
pompeux de champ sacré. »

Notes du Chant troisième.

———

¹ » C'est l'antéchrist, c'est lui qui vers nos régions
» Des esprits infernaux conduit les légions.

Dans toutes les proclamations d'Alexandre et de ses généraux, Napoléon est représenté comme l'antéchrist, comme un Moloch, comme un archi-rebelle qui vient renverser les autels, les souiller de sang et effacer la Russie de la carte du monde.

² Au gré de l'autocrate orgueilleux de périr,
C'est le Ciel que leur mort espère conquérir.

« Les Russes, dit Bernardin de St-Pierre (*Observations sur la Russie*), ne vont point à la guerre pour acquérir des richesses et de la gloire ; ils n'ont pas même dans leur langue un mot qui signifie honneur. Ils marchent avec ordre et en silence, comme des victimes qui vont à la mort et qui s'attendent à la recevoir ; ils pensent qu'une félicité éternelle est le partage de ceux qui meurent pour leur prince; de là vient qu'ils ne se troublent point ni de l'ignorance de leurs généraux, ni des manœuvres inopinées de l'ennemi. Le roi de Prusse à Zorndorf a dit d'eux qu'il était plus aisé de les tuer que de les vaincre. »

[3] » Comme hier dans sa chaîne au sommet de la tour
   » La croix du Grand-Ivan retenait un vautour.

Voici comment M. de Ségur parle de cet accident d'où la superstition des Russes avait tiré un présage de victoire (livre VIII, chap. 3) : « Dans un de ces momens où prosternés, soit au pied des autels, soit chez eux devant les images de leurs Saints, ils n'avaient plus d'espérance que dans le ciel, tout à coup des cris d'allégresse retentirent, on se précipite aussitôt sur les places et dans les rues pour en apprendre la cause. Le peuple y était en foule, ivre de joie, et ses regards attachés sur la croix de la principale église. Un vautour venait de s'embarrasser dans les chaines qui la soutenaient et il y demeurait suspendu. C'était un présage assuré pour ces hommes dont une grande attente augmentait la superstition naturelle : ainsi leur Dieu allait saisir et leur livrer Napoléon. »

[4] » Sous ses murs étonnés du bruit de la mitraille,
   » Moskou les vit combattre à la grande bataille. »

Je demande pardon à mes lecteurs d'avoir osé traduire en vers la prose de cette harangue impériale qui vivra autant que la langue et la gloire françaises :

« Soldats ! voilà la bataille que vous avez tant désirée. Désormais la victoire dépend de vous ; elle nous est nécessaire ; elle nous donnera l'abondance, de bons quartiers d'hiver et un prompt retour dans la patrie. Conduisez-vous comme à Austerlitz, à Friedland, à Vitepsk et à Smolensk, et que la postérité la plus reculée cite votre conduite dans cette journée ; que l'on dise de vous : il était à cette grande bataille sous les murs de Moscou ! »

⁵ Leur chef lui répondra : « Dans la redoute, Sire ! »

La division Compans ne s'empara de cette redoute qu'après de sanglans efforts. « Environ mille de nos soldats, dit M. Labaume, payèrent de leur sang cette importante position, et plus de la moitié restèrent morts dans les retranchemens qu'ils avaient glorieusement enlevés. Aussi, le lendemain, l'Empereur passant en revue le 61ᵉ régiment, qui avait le plus souffert, demanda au colonel ce qu'il avait fait d'un de ses bataillons. « Sire ! répondit-il, il est dans la redoute. »

⁶ La Russie et la France apprendront en tremblant
Qu'il a de ses lauriers cueilli le plus sanglant.

Plus de soixante-dix mille hommes furent mis hors de combat de part et d'autre à la bataille de la Mos-

kowa. L'armée française perdit Montbrun, Caulaincourt, Plausonne, Huard, Compère, Marion, Lana-
bère, et le comte de Lepel, aide-de-camp du roi de
Westphalie. Le nombre des généraux blessés s'éleva
jusqu'à trente, parmi lesquels étaient Grouchy, Nansouty, Latour-Maubourg, Friant, Rapp, Compans,
Dessaix, de La Houssaye. L'armée russe compta au
rang des morts le prince Bagration, les lieutenans-gé-
néraux Tulchkof, Konownitzin et Kutusof; au nombre
des blessés le prince Charles de Mecklenbourg, et plusieurs généraux.

Notes du Chant quatrième.

---

[1] Ce vieux berceau des Tsars, Moskou la ville sainte.

M. le marquis de Chambray, dans son *Histoire de l'expédition de Russie*, décrit ainsi Moscou (livre II) :

« Les chroniques russes ne parlent de Moscou, pour la première fois, qu'en 1147, et ne font remonter son origine qu'à peu d'années avant cette époque. Ses accroissemens furent rapides ; en 1248, elle était déjà capitale d'une des petites principautés qui servaient d'apanage aux princes russes. En 1326, le prince Jean Danielowitz s'y fixa, et elle a toujours été depuis capitale de la grande principauté, berceau de l'empire de Russie. Moscou éprouva deux pestes cruelles en 1366 et 1771, et elle fut ravagée à différentes époques par de nombreux incendies ; ceux de 1366 et 1473, et surtout de 1547, la réduisirent presque entièrement en cendres. Elle tomba quatre fois au pouvoir des Tatars en 1237, en 1293, en 1382 et en 1571. Le pillage, le viol, l'incendie et le meurtre accompagnaient ces barbares, et ils emmenaient en captivité une partie des habitans qu'ils n'avaient point égorgés. Les Polonais s'emparèrent aussi de Moskou en 1610, et la conservèrent deux ans. Ces nombreux désastres, réparés promptement, n'empêchèrent point sa prospérité de s'accroître. Lorsque Napoléon s'en empara, elle s'étendait sur les deux rives de la Moskowa et avait neuf lieues de circonférence, en y comprenant les faubourgs ; le terrain sur lequel elle était bâtie, était inégal ; elle contenait des jardins, des prairies, des terres labourées et même des terres en friche. Les églises, les édifices publics et beaucoup de maisons, d'hôtels et de palais étaient construits en briques, un plus grand nombre encore l'était en bois. L'architecture de ces bâtimens n'avait point un caractère particulier ; c'était un mélange de celle de tous les peuples de l'Europe et de l'Asie. La ville se divisait en deux parties bien distinctes : la première, appelée le Kremlin, était une antique citadelle, bâtie sur une colline qui domine la ville et est située sur la rive gauche de la Moskowa. La deuxième partie, occupée par les habitans, entourait le Kremlin ; les rues en étaient longues, ordinairement larges, toujours sinueuses et mal pavées. Au-delà on trouvait trente faubourgs, presque tous composés de chétives cabanes en bois. Moskou contenait un plus grand nombre d'églises qu'aucune autre ville d'Europe ; toutes étaient surmontées de cinq clochers en forme de dômes, dont un grand au milieu de quatre petits ; la plupart étaient dorés, argentés ou peints en vert. Les édifices publics, les palais, les églises, la réverbération du soleil sur les dômes, le mélange de la verdure et des bâtimens donnaient à cette capitale un aspect magnifique. »

M. Ancelot, qui a publié, sous la forme de lettres, une intéressante relation de son voyage en Russie, dans l'année 1826, a écrit ces beaux vers sur la colline qui domine Moskou :

Voilà Moscou ! sa pompe à mes yeux se révèle.
L'incendie enfanta cette cité nouvelle ;
Ces palais rajeunis, ces dômes éclatans,
Elancés dans les airs, sans le secours du temps,
Du phénix radieux me retracent l'image,
Quand cet oiseau, mourant pour renaître immortel,
Dans les feux du bûcher qui se change en autel,
Retrempe les couleurs de son ardent plumage.

Du fleuve sinueux dont les mille détours
De la ville des Tsars baignent l'enceinte immense,
Naguère la victoire ensanglanta le cours ;
Le souvenir voltige au sommet de ces tours
    Et devant moi le passé recommence.

Je les vois ces drapeaux dont les plis conquérans
Ont flotté sur le Nil, le Danube et le Tage !
De leurs lambeaux sacrés qui couronnent vos rangs
L'ombre victorieuse envahit ce rivage,
Français ! et la Moskwa dans ses flots transparens
Des héros d'Austerlitz berce en grondant l'image.

La terre a retenti sous leurs pas mesurés ;
Des pénibles travaux ils chassent la mémoire.
Du Kremlin à leurs yeux brillent les toits dorés
    Et sur leurs fronts décolorés
L'espérance rayonne auprès de la victoire.

Le bronze a décimé leurs nombreux bataillons ;
A ces débris vivans de nos vieilles milices,
A peine pour couvrir leurs vieilles cicatrices,
Les combats ont laissé de glorieux haillons ;
De Mojaïsk en feu la cendre les décore ;
Dans ces plaines de sable, où la faim les dévore,
Le soc n'a point creusé de fertiles sillons,
Et le mousquet noirci dans leurs mains fume encore !
Qu'importe ? un gai refrain a salué l'aurore ;
Ils chantent et l'écho de ces hameaux déserts
De leur patrie absente a répété les airs.

Déjà prompts à franchir les champs qu'elle domine,
Les légers escadrons ont gravi la colline ;
Quel immense horizon s'étend devant leurs pas !
Voilà donc la cité, prix de tant de batailles !
Ah ! pour la contempler, arrêtez-vous, soldats !
Peut-être vos regards errant vers ces murailles,
Demain les chercheront et ne les verront pas !

Immobile, les yeux attachés sur sa proie,
Napoléon debout rêve, triste et vainqueur.
Un sinistre présage, en passant dans son cœur,
Ne laisse au conquérant qu'un triomphe sans joie.
Où sont les députés qu'attendait son orgueil,

Et les clefs de la ville sainte ?
Des portes de Moscou nul ne franchit le seuil
Et tout se tait dans cette vaste enceinte
Muette comme le cercueil.

Contre lui désormais qui pourrait la défendre ?
Ses champs sont envahis, ses guerriers ne sont plus !
Ces clefs qu'à ses genoux apportent les vaincus,
Jamais Vienne et Berlin ne les ont fait attendre.
Son geste impatient accuse leur retard ;
Il s'arrête pensif au milieu de sa gloire,
Et de ces murs qu'embrasse son regard,
Le silence de mort menace sa victoire !
Hélas ! un seul jour a passé....
Dans le Kremlin soumis, appuyé sur son glaive,
D'un trône universel il prolongeait le rêve,
Et le rêve s'est effacé !
La flamme a dévoré sa conquête stérile.
Temples saints, vieux palais, antiques monumens,
Vous n'offrez à ses yeux que des débris fumans
Et sa victoire est sans asile !

[2] Nuls vestiges humains devant eux ne se montrent,
Et le seul ennemi que leurs regards rencontrent,
C'est le Kremlin.

« Je ne puis faire connaître le Kremlin d'une manière plus complète qu'en empruntant cette description à l'ouvrage de M. Ancelot (lettre 29e).

On croit que le Kremlin tire son nom du mot tatar
Kremlé, qui signifie *Pierre*; il communique avec la
ville par cinq portes pratiquées dans les hautes murailles crénelées qui l'enveloppent; l'une d'elles (la

porte de Spaskoï) est remarquable par un ancien usage qui ordonne à toute personne qui la traverse de se découvrir ; nul n'est affranchi de ce devoir dont l'origine n'est pas bien constatée. Le Kremlin renferme le palais des anciens Tsars, où naquit Pierre Ier ; celui du patriarche, le sénat, l'arsenal, la cathédrale de *l'Assomption*, enfin, l'église de *l'Annonciation*, et celle de Saint—Michel, où sont les tombeaux des premiers souverains de cet empire.

» Sans doute, examinés isolément, ces édifices ne présentent, ni la majesté grandiose des monumens gothiques, ni l'élégance gracieuse des constructions que l'architecture antique a léguées à l'imitation des modernes ; affranchis de toute règle, les architectes qui ont élevé cette masse de bâtimens n'ont obéi qu'aux caprices de leur imagination ; mais cet ensemble plaît aux regards par sa bizarrerie variée. Les petits clochers et les globes étincelans d'or qui couronnent le faîte des palais et le toit des églises, la diversité des dessins et des couleurs, le grand nombre des terrasses, des balcons et des rampes ; le mélange de tous les styles et de tous les systèmes de construction fixent long-temps les yeux étonnés du voyageur sur cette réunion d'édifices, tantôt massive et lourde, tantôt brillante et légère, mais toujours originale.

» Le *Trésor* du Kremlin est remarquable par la profusion d'objets précieux qu'il renferme et qu'on a offerts à notre curiosité ; en accordant un coup-d'œil à chacun de ces objets, qui ont appartenu aux différens souverains de la Russie, depuis le grand prince Vla-

dimir Monomaque jusqu'à l'impératrice Catherine II,
on parcourt toute l'histoire de cet empire ; on assiste
aux grands événemens dont il fut le théâtre, et les
couronnes de Kazan, d'Astrakhan, de Sibérie, de
Géorgie et de Pologne, sont là pour rappeler ses nombreuses conquêtes.

» La *salle des armures* contient une innombrable
quantité d'armes de toute espèce, rangées par ordre de
dates et de nations, et parmi ces instrumens de destruction, dont l'œil admire l'effrayante variété, on
distingue, au milieu de quelques trophées, le simple
brancard sur lequel était porté Charles XII pendant
la bataille de Pultawa.

» Le *palais du patriarche* présente à l'intérêt du
voyageur un grand nombre d'ornemens sacerdotaux
éblouissans d'or et de pierreries, et sa bibliothèque
est composée de manuscrits grecs et slavons qui presque tous sont des ouvrages de religion ; on y remar-
que pourtant un *Homère*, un *Eschine* et un *Sophocle*.

» L'immense bâtiment du *sénat* fut construit sous le
règne de Catherine ; la coupole placée au centre du
toit de cet édifice est surmontée d'un cube, dont les
quatre côtés portent en gros caractères le mot *loi* en
langue russe. On y trouve les archives du gouvernement, le département des biens patrimoniaux, la chan-
cellerie de l'arpentage, une école d'architecture, les
caisses du gouvernement, les archives de la chambre
de collége, le dépôt des vivres, enfin, les sixième, septième et huitième départemens du corps du sénat.

» L'*arsenal*, commencé en 1702, sous le règne de

15

Pierre Ier, fut miné en 1812, par les ordres de Napoléon ; l'explosion, sans détruire entièrement cet édifice, causa de grands dommages, qui ne sont pas encore réparés tous, et, comme pour offrir une consolation et un dédommagement aux Russes, dont les yeux sont affligés par les traces du désastre, on a rangé devant l'*arsenal* les canons français dont ils s'emparèrent dans le cours de la fatale retraite de notre armée. La porte de *Nicolsky*, placée auprès de ce bâtiment, croula, en partie, au moment de l'explosion ; mais, malgré la violence de la commotion, une glace qui se trouvait devant une image de saint Nicolas, demeura intacte au milieu des ruines, et une inscription constate ce fait étrange qui accroît encore, s'il est possible, la confiance religieuse des Russes dans le pouvoir de ce saint, dont la seule présence a, disent-ils, préservé cette glace de la destruction.

» Le clocher d'Ivan Velikoï (Jean-le-Grand) est un des monumens les plus remarquables et les plus vénérés de Moskou ; il domine toute la ville, et la vue dont on jouit du haut de la galerie de cette tour est vraiment admirable. L'œil, planant sur le vaste amphithéâtre qui se déroule devant lui, erre au hasard sur cette forêt de brillantes aiguilles, et ne sait où se fixer au milieu de cette éclatante mosaïque de toits peints, dont le soleil anime les couleurs. On prétend que ce monument fut destiné à perpétuer le souvenir d'une famine qui désola Moskou vers l'an 1600. Sa forme est octogone ; sa coupole est couverte en or de ducats, et la croix révérée qui la surmontait, emportée

par l'armée française en 1812, mais abandonnée avec
les bagages lors de la retraite, a été remplacée par
une croix en bois revêtue de feuilles de cuivre doré.
On compte trente-deux cloches dans cette tour, et
c'est là que fut transporté le fameux beffroi de Now-
gorod.

» Près de la tour d'Ivan, on vient admirer la plus
grosse cloche qui jamais ait été fondue ; l'inscription
qu'on y lit, en porte le poids à trois cent cinquante
milliers. Cette cloche, dont la pesante inutilité fatigue
le sol sur lequel elle repose, ne fut jamais suspendue ;
chaque année elle s'enfonce de plus en plus dans la
terre, et, au moyen d'un escalier pratiqué à côté, on
descend dans la concavité qu'elle occupe, pour mesurer de l'œil ses monstrueuses dimensions.

» Les tombeaux des patriarches sont placés dans la
cathédrale de l'Assomption ; ceux des anciens Tsars
décorent l'église de Saint-Michel. Ces sarcophages,
que l'on couvre, aux jours de fêtes, de draps mor-
tuaires magnifiques, servaient jadis de touchant in-
termédiaire entre le malheur et la puissance ; lorsqu'un sujet avait quelque grâce à solliciter du souverain, il déposait sa supplique sur l'un des tombeaux,
et le Tsar seul avait le droit de l'en retirer. Ainsi, c'é-
tait au nom sacré de ses pères qu'on s'adressait à sa
clémence ; c'était la mort qui plaidait auprès du pouvoir la cause de l'infortune.

» Parmi les édifices qui s'élèvent dans l'enceinte du
Kremlin, il ne me reste plus à mentionner que l'église
de l'Annonciation, remarquable par sa position, par

son toit et ses neuf coupoles dorées, par le bel escalier couvert qui y conduit, enfin, par les fresques dont
elle est ornée. Ces fresques représentent des sujets
sacrés ; mais une idée bizarre de l'artiste a placé dans
les encadremens de ces pieuses peintures, les portraits d'anciens philosophes et historiens grecs. Aris-
tote, Anacharsis, Ménandre, Ptolomée, Thucydide,
Zénon, Anascaride et Plutarque, étonnés sans doute
de se trouver là, tiennent dans leurs mains des rou-
leaux sur lesquels sont écrites des sentences évangé-
liques, et, afin que le dévot Moscovite ne se trompe
pas, le peintre a eu soin de tracer leurs noms au bas
de leurs portraits. On ne saurait trop apprécier cette
sage précaution ; car il serait cruel pour le Russe,
doué d'une foi si robuste dans les images de ses saints,
d'apprendre qu'il a prodigué des prières et des génu-
flexions inutiles aux pieds de ces illustres damnés. »

[3] » Moskou brûle aujourd'hui comme jadis Carthage.

Plusieurs témoins de l'incendie de Moskou m'ont
raconté que l'Empereur répétait souvent au milieu de
ce désastre : *c'est comme Carthage*. Sans doute son
orgueil voyait dans la ruine de Moskou un fait aussi
important pour la France que la chute de Carthage
l'avait été pour Rome.

[4] Jusque dans Pétrowsky, son périlleux refuge,
Le spectacle obstiné du foudroyant déluge
Poursuit Napoléon.

« Pétrowsky, dit M. Ancelot (lettre 30e), est un pa-

lais impérial élevé par Catherine II, à la porte de
Moskou; il donne son nom à l'espèce de village que
forment les différentes maisons de campagne qui l'environnent; c'est dans ce château, dont la forme bizarre est une imitation moderne des anciens palais
tatars, que Napoléon fixa son séjour avec une partie
de son état-major et de sa garde, lorsqu'il voulut fuir
l'aspect de la ville enflammée. Pour y arriver, il faut
traverser un petit bois, où l'œil enchanté rencontre
au milieu des sapins et des bouleaux quelques vieux
chênes qui ont résisté à la rigueur du climat, et dont
l'étranger salue avec amour les branches séculaires
qui lui rappellent les forêts de la patrie. »

* S'amusant à dicter des lois pour un théâtre.

« Ses ministres, ses aides-de-camp le voient passer
ces dernières journées à discuter le mérite de quelques
vers nouveaux qu'il vient de recevoir, ou le règle-
ment de la Comédie française de Paris qu'il met trois
soirées à achever. Comme ils connaissent toute son
anxiété, ils admirent la force de son génie et la faci-
lité avec laquelle il déplace et fixe où il lui plaît toute
la puissance de son attention. » (*M. de Ségur*, livre
VIII, ch. 11.)

Notes du Chant cinquième.

———⚜———

¹ Le vieux Platof, toujours prodigue de défis,
  Combat, désespéré du trépas de ce fils.

La mort et les funérailles du fils de Platof sont ainsi racontées par M. Labaume (livre VI) :

« Le fils de l'hetman Platof, monté sur un superbe cheval blanc de l'Ukraine, était le fidèle compagnon d'armes de son père, et, marchant toujours à la tête des Kosaques, s'était fait remarquer de nos avant-gardes, par une rare intrépidité. Ce jeune homme était l'idole de son père, et l'espoir de la nation guerrière qui devait un jour lui obéir. Dans un choc de cavalerie qui eut lieu auprès de Vereïa, entre le prince Poniatowski et l'hetman Platof, les Polonais et les Russes, animés par une haine violente, se battirent avec acharnement. Excités par l'ardeur du combat, ils s'arrachaient mutuellement la vie et de toutes parts tombaient les braves, échappés à de grandes batailles.

» Platof, qui voyait succomber sous les coups des Polonais ses meilleurs soldats, oubliait le péril, et d'un œil inquiet cherchait son fils; mais ce père infortuné touchait au moment terrible où il devait éprouver que la vie est souvent une grande disgrâce. L'objet de sa plus chère affection, revenu du fort de la mêlée, se préparait à porter de nouveaux coups, lorsqu'il reçut une blessure mortelle d'un hulan polonais. Au même instant, le père, qui volait à son secours, paraît et se précipite sur lui. En le voyant, le fils pousse un profond soupir, veut lui parler et lui exprimer le dernier témoignage de sa tendresse, mais en ouvrant la bouche, il rendit le dernier soupir.

» Le lendemain, à la pointe du jour, les chefs des Kosaques, en exprimant leur douleur, demandèrent en suppliant qu'on leur permît de rendre au fils de leur hetman les honneurs de la sépulture. Chacun d'eux, en voyant cet intéressant jeune homme étendu sur une peau d'ours, baisait respectueusement la main d'un guerrier qui, sans une mort prématurée, eût peut-être égalé par sa valeur et ses vertus les plus grands capitaines. Après avoir, selon leur rit, fait des prières ferventes pour le repos de son âme, ils l'enlevèrent aux regards de son père, pour le porter solennellement sur un tertre couvert de cyprès et où l'on devait l'enterrer. Tout autour, les Kosaques, rangés en bataille, observaient un silence religieux, et baissaient leur tête, sur laquelle se peignait la tristesse. Au moment où la terre allait pour toujours les séparer du fils de leur prince, ils firent à la fois un feu de mousqueterie. Ensuite, tenant en main leurs chevaux, ils défilèrent tous auprès du tombeau, en renversant contre terre la pointe de leurs lances. »

[2] Quelque chose d'humain qui se remue encore,
Etonne nos guerriers, du geste les implore,
C'est un soldat français.

L'épisode qui concerne ce soldat n'est point une vaine fiction, mais une terrible réalité confirmée par le double témoignage de MM. de Ségur et Labaume.

[3] Leur stupide pensée ou s'éteint ou s'égare.

M. Réné Bourgeois, chirurgien-major, dans son *Tableau de la campagne de Russie*, a décrit cet état d'aliénation mentale produit par l'excès d'un froid qui descendit jusqu'à 27 degrés au-dessous de la glace :

« Un très grand nombre d'entre nous étaient dans un véritable état de démence. Plongés dans la stupeur, l'œil hagard, le regard fixe et hébété, on les reconnaissait facilement dans la foule, au milieu de laquelle ils marchaient comme des automates, en gardant le plus profond silence. Quand on les interpellait, on ne pouvait en tirer que des réponses sans suite et hors de propos ; ils avaient entièrement perdu l'usage de leurs sens et étaient insensibles à tout. Les outrages, les coups même dont on les frappait souvent, ne pouvaient les rappeler à eux-mêmes et les faire sortir de cet état d'idiotisme. »

⁴ Et leur fanfare exprime un plaisir orgueilleux
De protéger ses jours en ce choc périlleux.

« L'ennemi, dit M. de Ségur (livre x, chapitre 3), voyant cette tête de colonne marcher en bon ordre, n'osa l'attaquer que par ses boulets; ils furent méprisés, et bientôt on les laissa derrière soi. Quand ce fut aux grenadiers de la vieille garde à passer au travers de ce feu, ils se resserrèrent autour de Napoléon comme une forteresse mobile, fiers d'avoir à le protéger. Leur musique exprima cet orgueil. Au plus fort du danger, elle lui fit entendre cet air dont les paroles sont si connues : Où peut-on être mieux qu'au sein de sa famille ? Mais l'Empereur qui ne négligeait rien, l'interrompit, en s'écriant : « Dites plutôt : Veillons au salut de l'Empire ; » paroles plus convenables à sa préoccupation et à la position de tous. »

⁵ Il fuit, enveloppé de l'ondoyant tissu,
Présent que d'Alexandre il a jadis reçu.

Constant, dans ses Mémoires (livre ɪᴠ, chapitre 5), raconte que Napoléon, à Erfurt, reçut d'Alexandre trois superbes pelisses en martre zibeline, dont il fit recouvrir une en velours vert et garnir de brandebourgs en or, et qu'il a toujours porté cette pelisse en Russie.

Notes du Chant sixième.

———◦◦◦———

[1] Eblé fait de deux ponts par des bras courageux
Planter les chevalets dans le fleuve fangeux.

« Napoléon hâtait les travaux par sa présence ; ils marchaient trop lentement au gré de son impatience. Le dévouement des pontonniers dans cette circonstance vivra autant que le souvenir du passage de la Bérézina. Quoiqu'affaiblis par les maux qu'ils enduraient depuis si long-temps, quoique privés de liqueurs et d'alimens substantiels, on les vit, bravant le froid qui était redevenu très rigoureux, se mettre dans l'eau quelquefois jusqu'à la poitrine ; c'était courir à une mort presque certaine ; mais l'armée les regardait ; ils se sacrifièrent pour son salut. » (Le marquis de Chambray, livre iv.)

[2]   L'astre aux cheveux épars,
    Prophète de malheurs, consterna ses regards.

M. de Ségur rapporte qu'on prétendit qu'une co—

mète avait éclairé de ses feux sinistres le passage de
la Bérézina (livre XII, chap. 2).

³ « Je pars ; votre intérêt, mon devoir, tout l'ordonne.

Ce départ de Napoléon lui a attiré de sévères re-
proches. Je me bornerai, pour le justifier, à rapporter les paroles d'un juge qui ne peut être soupçonné
de flatterie, puisqu'il était aide-de-camp de l'Empereur de Russie. Le colonel Boutourlin s'exprime
ainsi dans son *Histoire militaire de la Campagne de
Russie en* 1812 (chap. XI) :

« On a jugé diversement ce départ, et cependant
rien de plus facile que de le justifier. En effet, Napoléon n'était pas seulement le chef de l'armée qu'il
quittait, mais, puisque les destinées de la France entière reposaient sur sa tête, il est clair que dans ces
circonstances son premier devoir était moins d'assister à l'agonie des débris de son armée que de veiller
à la sûreté du grand empire qu'il gouvernait. Il ne
pouvait mieux satisfaire à ce devoir qu'en se rendant
à Paris, afin de hâter par sa présence l'organisation
des nouvelles armées devenues nécessaires pour
remplacer celle qu'il venait de perdre. »

⁴ D'une cause héroïque infortuné martyr,
    Poniatowski !

On sait que Poniatowski périt à la funeste bataille
de Leipsick. M. Ancelot raconte ainsi sa mort dont il

a vu le théâtre (*Six mois en Russie*, lettre 4e) : « On m'a conduit dans les délicieux jardins de M. Reichenbach, situés sur les bords de l'Elster ; là j'ai été ramené vers de pénibles souvenirs. C'est en voulant traverser ces jardins pour gagner la grande route de Weissenfels que Poniatowski, blessé et épuisé de fatigue, tomba de son cheval dans l'étroite mais profonde rivière qui les borde ; j'ai vu la place où son cadavre a été retrouvé: là deux monumens furent élevés à sa mémoire ; le plus remarquable a été érigé par un Polonais avec cette inscription : *Miles popularis hoc monumentum duci populari lacrymis irrigatum erexit*. Le nom du fondateur était gravé sur la pierre au-dessous de l'inscription ; mais il a été effacé ; je n'ai pu savoir ni pour quel motif, ni par quel ordre. On n'a pas du moins fait disparaître les noms polonais qui attestent la douleur religieuse des compatriotes de Poniatowski et qui couvrent cette tombe où manque sa cendre. »

[5] **Et du gain que produit leur poussière héroïque,**
　　Son avare industrie impunément trafique !

Les Anglais ont exhumé des déserts de la Russie, comme du champ de Waterloo, les ossemens des guerriers français pour les convertir en noir animal. Leur génie industriel sait tirer de l'argent même des débris de la gloire et de l'héroïsme.

[6] **Paris voit l'étranger campé dans ses remparts.**

Une femme qui sait penser en philosophe et écrire

en poète, Madame la princesse Constance de Salm, dans son ouvrage intitulé : *Mes soixante ans ou mes Souvenirs politiques et littéraires*, a rendu avec son énergie accoutumée l'impression produite sur son esprit par nos désastres de 1814.

Alors tout retentit des fureurs de la guerre ;
Alors les pleurs, le sang inondèrent la terre ;
Nous eûmes contre nous les rois, les élémens,
   Les nations : toujours braves et grands,
     Dans une contrée étrangère
Nous vîmes succomber nos frères, nos enfans ;
L'univers entendit nos longs gémissemens,
Sans que la France encor fût moins forte et moins fière.
    Mais bientôt du Nord descendant,
De vingt peuples divers une masse terrible
    Menaça le peuple invincible
Sous un maître irrité lui-même s'irritant,
Et deux fois, oui deux fois (irréparable outrage !)
Le guerrier dévorant son impuissante rage,
Le citoyen couvert de sang et de lauriers,
   Virent le nombre accabler le courage,
   Et l'ennemi s'asseoir dans nos foyers.

Mes yeux aussi l'ont vu ce temps, ce jour funeste !
J'ai vu la trahison consommer nos malheurs ;
   Du théâtre de nos douleurs,
De nos soldats muets j'ai vu partir le reste,
   Le reste de nos défenseurs.
Je les ai vus ces rois, qui, remontés sans gloire
   Sur un trône mal affermi,
Payaient du sang français, des fruits de la victoire,
   La vengeance de l'ennemi :

Je vous ai vus aussi dans notre ville immense,
Souverains ! mais gardez de croire que la France,
   Dans sa première et civique union,
   N'eût pu braver votre sainte alliance ;
Vous avez vaincu l'homme et non la nation :
   Jamais, jamais vos nombreuses cohortes
De la grande cité n'auraient franchi les portes ;
Jamais vos légions de soldats, de sujets,
N'auraient en ennemis foulé le sol Français,
Si le héros tombé, de sa chûte complice,
N'eût de nos libertés ébranlé l'édifice,
Et s'il eût, moins superbe en ses brillans exploits,
Moins fait pour la victoire et plus fait pour les droits..
Mais que dis-je ? il n'est plus, respectons sa mémoire ;
Honorons son malheur ! N'a-t-il pas dans les fers
      Encore étonné l'univers ?
Sa fin n'est-elle pas sa plus belle victoire ?

[7] » Un saule, de ses pleurs ombrageant ton cercueil,
  » Voilà le seul ami qui portera ton deuil !

M. Fidèle Delcroix, dont le talent nous est aussi
cher que la personne, a bien voulu nous permettre
d'enrichir ces notes d'une pièce de vers qu'il a con-
sacrée au tombeau de Napoléon. Nos lecteurs nous
sauront gré de leur avoir donné lieu d'apprécier un
morceau rempli d'un véritable sentiment poétique.

LA VALLÉE DES GÉRANIUMS.

« Je désire que mes cendres reposent sur les bords
» de la Seine, au milieu de ce peuple Français
» que j'ai tant aimé!
» Longwood, île Ste-Hélène, 15 avril 1821. »

Paroles du testament de Napoléon

La voilà sous nos yeux cette sainte vallée,
Cette oasis qu'entoure une terre brûlée !
A nos pieds un ruisseau, tel qu'un filet d'argent,
Quelques géraniums sur sa rive isolée
Qu'à peine il rafraîchit de son flot indigent....
Oh fortune ! et c'est là sa retraite dernière !
  C'est là qu'il dort, de l'Europe exilé !
    Pour tout empire, cette pierre,
Et pour garde aujourd'hui, ce soldat mutilé !!

La pierre qui le couvre est pesante, et sur elle,
Les yeux toujours ouverts, l'Anglais fait sentinelle.
Demeuré seul auprès du granit sépulcral,
Debout jusqu'au moment où sa veille s'achève.
Il tremble qu'à ses yeux le mort ne la soulève,
Et qu'aussitôt poussant un long cri martial,
Ne ressuscite encor son aigle impérial...

Mais son aigle n'est plus, et toute grandeur passe.
A te revoir sans lui ses amis destinés,
Noble France ! ont vogué vers tes champs fortunés,
Et son cercueil est là, dans cet étroit espace !

Son nom qu'au monument notre œil demande en vain,
Son nom souvent fatal aux trônes mis en poudre,
La gloire en traits de feu sur ce roc inhumain
L'inscrivit, l'œil en pleurs, aux éclats de la foudre.
Solitaire ornement des plus humbles tombeaux,
Sur sa cendre frémit du pied jusqu'à la cime
Un saule qui vers elle étend ses longs rameaux,
    Comme autrefois devant son front sublime
S'inclinaient en passant d'innombrables drapeaux !

    O souvenir des jours de sa puissance !
Comment, de la victoire éblouissant soleil,
S'est voilé tant d'éclat et de magnificence ?
Ce rêve inachevé de sa vaste existence,
Comme il dut le pleurer au moment du réveil !

Une île est son berceau ! son enfance débile
    Déjà prélude aux belliqueux ébats ;
Et tandis qu'a marché ce géant des combats
Pour atteindre un tombeau creusé dans une autre île,
    Le monde a tremblé sous ses pas !

    En butte aux haines politiques,
Moderne Thémistocle, aux foyers Britanniques
Sans crainte il vient s'asseoir, en invoquant les lois.
    A ce héros digne des temps antiques,
A ton hôte, Albion ! ouvre tes saints portiques...
Dieux ! qu'ai-je vu ?.. des fers pour le maître des rois ! ! !

De ses pas qu'on mesure et que l'œil accompagne,
    Autour de nous la trace est encor là.
On les compte.... au sentier qui tourne la montagne
Croyant le voir bientôt, vous diriez : le voilà !

16

Sombre comme l'écueil de son île lointaine,
Le voilà descendant ce long sentier qui mène
Au doux et frais abri du saule hospitalier.
Cette onde le flattait d'une espérance vaine.
Ah! lorsqu'il vient vers toi, bienfaisante fontaine,
   Par ta vertu fais qu'il puisse oublier !

Plein de hardis projets, là, peut-être son âme
Parfois s'ouvrait encore à des rêves de flamme,
Et voyait l'univers, sous sa foudre, agité
De l'un de ces grands coups hors de la loi commune
Qui révèlent soudain César et sa fortune...
De ce faîte éclatant trop tôt précipité,
Au creuset du malheur du moins son âme altière
Et s'épure et renaît à sa vertu première.
Qui sait si quelque jour au pavois remonté,
Qui sait si, d'un bras fort comprimant l'anarchie,
Mais docile aux besoins de l'Europe affranchie,
Dans un riche avenir, il n'eût pas cimenté
L'union du pouvoir avec la liberté ?
Quel autre aurait su mieux, maître du rang suprême,
Résoudre de nos temps ce merveilleux problème ?
Mais il meurt ; dans la tombe avec lui descendus,
Ses secrets pour le monde à jamais sont perdus ;
Il meurt, et cette mort lentement se consomme.
C'est là que, solitaire, il aimait à s'asseoir ;
Là, sous ses bras croisés sentant battre un cœur d'homme,
Il rêvait à son fils, ô trop fragile espoir !
Son fils que sur la terre il ne doit point revoir !

Oui, c'est là que six ans, ce mâle et fier courage
Porta sans se courber le faix de ses douleurs,
Et grandit au niveau du plus grand des malheurs.

A son adversité manqua-t-il un outrage ?
Mais, confiant aux mers un important message
Qu'en nos hameaux le doute accueillit tant de fois,
Sir Hudson, le geôlier, annonce à l'Angleterre
Qu'avec sécurité désormais tous les rois
Peuvent se croire assis au trône héréditaire.

    Au ciel désert il s'est donc éclipsé,
Cet astre qui naguère étincelait encore,
Et, triste, au firmament l'œil des peuples fixé
Cherche en vain, dans sa nuit, le brillant météore.

    Rouge d'un pourpre éblouissant,
Le soleil cependant, près de quitter ces rives,
Sur les mers du Tropique à l'horizon descend.
On dirait qu'il s'épanche en lumières plus vives,
    Et qu'il se couche dans le sang.

D'un magique reflet voyez comme il colore
L'île où vient planer l'aigle avec plus de fierté,
L'île aux volcans éteints, où dut s'éteindre encore,
Formidable débris sur des laves jeté,
Ce conquérant, martyr dans sa captivité !

Sainte-Hélène ! à présent, ne crains pas que sa trace
De tes grèves jamais dans les siècles s'efface.
Eternel monument, tu racontes son sort !
Dans ces lointaines eaux le voyageur qui passe,
Contemplant ton rocher, dit : c'est là qu'il est mort !

Et, chaque jour miné par la vague assidue,
Si, tel qu'un grand vaisseau sombrant dans l'étendue,
Ton vieux roc à la fin s'abîmait sous la mer,
De l'étoile qui brille au sommet de l'éther,

En long sillon vers toi la clarté descendue
Indiquerait encor, miraculeux flambeau,
La place où le soleil vit creuser son tombeau !

Mais au loin, par momens, quelle clameur immense,
Tandis que sur nos fronts l'astre nocturne a lui,
Du vallon solitaire interrompt le silence ?
Des hauteurs de la mer c'est le flux qui s'élance...
Au milieu des humains, tel s'élève aujourd'hui
Ce concert solennel qui pour les temps commence,
Bruits de gloire que laisse un grand homme après lui !
On ne sait, nous dit-on, quelle vague espérance,
Alors qu'il s'éteignit, l'agitait; mais sa voix,
Comme un dernier adieu, tout bas murmurait: *France!*
O doux sol qu'il rendit si grand par ses exploits !
O patrie ! ah ! bien moins que le courroux des rois
Accusant notre humeur oublieuse et légère,
Au fond de son repos qu'il doit être parfois
Las d'un sépulcre anglais, dans une île étrangère !
Mais pardonne, Albion ! ce mot qui le dernier
A pu de nos discords réveiller la mémoire.
Tôt ou tard un grand jour est promis à l'histoire ;
Le héros expiré n'est plus ton prisonnier ;
Des fers sur son tombeau peseraient sur sa gloire,
Et depuis qu'il n'est plus, par le malheur absous,
Sa cendre est un trésor qui n'appartient qu'à nous.
Est-il un seul Français qui ne soit dans cet âge
Prêt à revendiquer un si noble héritage ?
Place ! de son tombeau c'est à nous d'approcher :
Arrière, Anglais ! nous seuls avons droit d'y toucher.
Que d'un trop long oubli ce jour le dédommage !

O toi ! qu'on accueillait d'un transport si fervent,
Alors que parmi nous tu revenais vivant,

Dans le forum témoin d'un imparfait hommage ,
La patrie aujourd'hui n'a plus que ton image :
Elle attend qu'au milieu d'un pompeux appareil ,
Des Français qu'en nos ports ce saint devoir ramène ,
Déposent ton cercueil aux rives de la Seine ,
Où quatre aigles d'airain garderont ton sommeil !

[8] Aussi chère aux Français que la Liberté même.

Napoléon conquérant a fait oublier à la France Napoléon despote. Laissons parler M. Camille Paganel qui termine par ces sages réflexions son *Essai sur l'Établissement monarchique de Napoléon* :

« Malgré ses fautes et les calamités qui en furent la suite , Napoléon est à jamais populaire en France ; car le peuple lui doit une haute opinion de lui-même ; car il se rappelle avec orgueil ses promenades triomphales d'une extrémité de l'Europe à l'autre ; car de tous côtés , des colonnes , des statues , et mille monumens divers racontent les merveilles de ce règne , et le grand Empereur tomba en défendant contre l'étranger le sol de la patrie : or les masses comprennent mieux l'indépendance que la liberté ! Contre-révolutionnaire chez lui , Napoléon a pourtant , par ses guerres , propagé en Europe les avantages matériels de la révolution et répandu au loin les idées françaises ; sous ce rapport l'Italie surtout lui a d'immenses obligations. Quant à nous , citoyens français , découvrons-nous avec respect devant la statue du grand homme ; admirons ses vastes et utiles conceptions ;

mais éclairons-nous de ses erreurs, et surtout remer-
cions-le d'avoir , malgré l'effort contraire de son génie, démontré ainsi que d'autres l'ont déjà remarqué,
l'impossibilité aujourd'hui du despotisme. Ce n'est
pas là le moindre de ses bienfaits. »

FIN DES NOTES.

CRITIQUE

HISTORIQUE

de l'Histoire de Napoléon et de la
Grande-Armée.

DE L'IMPRIMERIE DE PLASSAN,

RUE DE VAUGIRARD, N° 15, DERRIÈRE L'ODÉON.

CRITIQUE

HISTORIQUE,

AVEC DES OBSERVATIONS LITTÉRAIRES,

SUR L'OUVRAGE DU GÉNÉRAL COMTE DE SÉGUR

INTITULÉ

Histoire de Napoléon et de la Grande-Armée, pendant l'année 1812;

ACCOMPAGNÉE D'ÉCLAIRCISSEMENS ET DE NOTES.

PAR ALPHONSE DE BEAUCHAMP,

CHEVALIER DE L'ORDRE ROYAL DE LA LÉGION-D'HONNEUR,

Auteur de l'*Histoire de la guerre de la Vendée*, etc.

———⟡———

PARIS,

ANDRIVEAU, LIBRAIRE,

BOULEVARD DES CAPUCINES, N° 3.

——

1825.

CONSIDÉRATIONS
PRÉLIMINAIRES.

L'expédition de Russie, en 1812, a renouvelé la face de la terre ; en renversant un colosse de puissance, elle en a raffermi un autre. Appuyé sur une base qui n'a point de limites, le colosse qu'elle a relevé pèse de plus en plus sur l'Europe. De ce choc extraordinaire qui a couvert deux empires de tant de débris, on a vu sortir la reconstruction politique d'une partie du globe : des vieilles monarchies héréditaires, les unes se sont replacées sur le trône, les autres ont recouvré leur puissance et leur éclat après avoir triomphé à main armée, des monarchies nouvelles, leurs rivales, nées du pouvoir révolutionnaire.

Quel intérêt sans bornes, le tableau

de cette expédition gigantesque , n'offre-t-il pas à quiconque fut témoin ou acteur de la catastrophe qui fit éclore notre état politique actuel?

De si grands événemens ont toujours enfanté leurs historiens. L'histoire n'étant que l'image des actions dignes d'être offertes aux regards de la postérité , ceux qui les décrivent peuvent être comparés aux poètes et aux acteurs qui , en représentant les princes et les généraux célèbres, s'associent en quelque sorte à leur gloire. Mais les historiens ne sont pas seulement des peintres retraçant vivement les objets , et n'ayant d'autre mérite que de frapper les yeux par une ressemblance fidèle , et par un tableau animé des actions qu'ils reproduisent; ceux qui osent porter leurs pas dans la carrière des Tacite et des Tite-Live doivent prétendre à une plus noble vocation , celle d'instruire les hommes en leur dévoilant les causes des événemens et leurs suites infaillibles : c'est par-là surtout que l'histoire devient l'école des grands capitaines et des hommes d'État.

Où trouver une source d'enseignemens et de méditations plus féconde que cette période d'une seule année et d'une seule campagne, où semblent ménagées comme à dessein toutes les gradations d'une pièce théâtrale? Et quel drame! quel personnage! En abordant des récits d'une si haute importance, que l'historien calcule l'étendue de la tâche qu'il entreprend, et son sujet lui apparaîtra comme une des plus imposantes créations historiques des temps modernes.

L'expédition de Russie n'a pas manqué de narrateurs; sans examiner s'ils se sont élevés à la hauteur de leur sujet, nous allons indiquer les principaux d'entre eux. Le premier qui ait précédé tous ses rivaux dans la lice, M. Eugène Labaume, nous a donné la relation circonstanciée de cette campagne; il en a sondé le premier toutes les plaies, et en déchirant le voile, il les a montrées encore saignantes aux yeux de ses concitoyens. Son ouvrage, fruit d'une observation peut-être trop rapide, et pour lequel il n'avait pas encore réuni assez d'informations, n'en fut pas moins lu avec avidité.

Cette expédition a été envisagée sous un autre point de vue dans les mémoires pour servir à l'histoire de la guerre entre la France et la Russie, en 1812. Le général Guillaume de Vaudoncourt, reconnu pour en être l'auteur, y développe toutes les opérations militaires de la campagne dont il fait l'apologie, même sous le rapport politique; il abonde en détails qui, peu intéressans et peu curieux pour les lecteurs en général, sont au moins très-propres à satisfaire les tacticiens; il s'ensuit que son ouvrage, moins recherché par les gens du monde, peut n'être pas sans prix pour les hommes de l'art.

Il a été surpassé par l'histoire de l'expédition de Russie, publiée en 1823, et attribuée à M. de Chambray. La narration détaillée de cet officier, qui a été aussi témoin oculaire, est fondée sur les documens les plus certains, recueillis avec discernement et rassemblés avec bonheur; ils forment un ensemble de preuves à l'appui assez rares dans les historiens même les plus accrédités.

Parmi les étrangers, il nous suffira de citer Vilson, Ker-Porter, et le colonel russe Boutourlin, dont il ne peut qu'être utile de comparer les récits à nos propres relations.

Nous omettons, sur ce même sujet, une foule d'écrits partiels qui offrent plus ou moins d'intérêt.

L'histoire de Napoléon et de la Grande-Armée, en 1812, par le général comte de Ségur, éclipse, en ce moment, du moins par l'éclat de son apparition, tous les ouvrages que nous venons de caractériser. Un succès de ce genre ne pouvait manquer d'attirer l'attention du public, et plus particulièrement celle d'un écrivain qui fait de l'histoire contemporaine l'objet continuel de ses études et de ses travaux.

En réfléchissant sur la vogue d'un livre qui se recommande en quelque sorte par l'illustration attachée au nom que porte son auteur; en lisant d'un côté, dans de certaines feuilles, des éloges outrés et irréfléchis où les prôneurs ne craignent pas de dire que cet ouvrage est plus qu'une Iliade, phrase assurément plus que ridicule; en parcourant de l'autre des critiques amères où perce une malveillance prononcée, nous avons regretté de voir se confirmer de plus en plus une observation que nous faisons depuis long-temps avec peine : c'est que la critique, de bonne foi, est décidément bannie de notre littérature. Mus par ces considérations, nous nous empressâmes de consacrer dans un journal à cette production marquante deux articles raisonnés, dont le succès fortifié par les excitations de quelques amis de la vérité de l'histoire, nous a engagés à entrer ici dans plus de développemens, à nous livrer à une dissertation plus détaillée, plus utile peut-être, et pour laquelle nous espérons le même accueil du public (1).

Les lecteurs ne trouveront donc ici, ni les préventions de l'esprit de parti, ni des contradictions imaginaires, ni l'envie de déprécier un mérite réel ; mais une sage controverse des faits, le rapprochement de circonstances instructives, des remarques propres à remplir quelques lacunes, et avant tout la franchise et le zèle d'un examen impartial. En cela peut-être, donnerons-nous l'exemple d'une véritable indépendance d'opinion qui est le fondement nécessaire de la vérité historique.

---

(1) A la fin du second article dont il est ici question, nous avions annoncé la brochure que nous offrons aux lecteurs par la phrase suivante :

« Le cadre resserré d'un journal ne nous permettant pas de pousser plus loin notre examen, nous ne renonçons point à revenir incessamment sur ce même sujet dans un écrit plus développé, plus abondant en remarques et en rapprochemens historiques. »

Nous devons l'avouer ici, cette indépendance n'existe plus, ni dans la politique, ni dans la littérature. D'une part des souvenirs qui se protègent, des intérêts qui se tendent la main, des amours-propres qui font un échange de ménagemens réciproques, des médiocrités qui se coalisent pour se servir mutuellement d'appui, des cajoleries que des écrivains, âpres à s'enrichir, prodiguent aux écrivains qui se sont enrichis; d'autre part des haines qui ne se déracinent que lentement; la nécessité de se grouper dans des rangs ennemis pour ne pas rester isolé, le penchant naturel à dénigrer ce qui n'est pas de notre opinion ou de notre parti, toutes ces causes, et beaucoup d'autres du même genre, ont éteint le flambeau de la saine critique. Ce qu'on appelait jadis, avec quelque orgueil et quelque fondement, la république des lettres, dégénérée d'abord en oligarchie, n'est plus de nos jours qu'une anarchie féodale, où chaque suzerain décoche indistinctement ses traits contre quiconque ne marche pas sous sa bannière.

Aussi, trompés sur leur propre mérite, prônés dès leur début par l'esprit de parti qui applique à leurs ouvrages les éloges qu'on ne donne intérieurement qu'à leurs opinions, les jeunes auteurs atteignent les nues de leur premier vol, sentent la tête qui leur tourne à une si grande hauteur, et après quelques instans de vogue, n'étant plus soutenus par l'intérêt du moment, tombent bientôt pour ne plus se relever. Et d'ailleurs peut-on encore assigner des rangs et des degrés dans les lettres?

De là encore le manque d'encouragemens réels pour les écrivains studieux et sincères qui, persuadés qu'on ne s'instruit pas avec des déclamations ou du pathos, et que des philippiques virulentes contre les hommes ne peuvent remplacer le récit fidèle des choses, considèrent les événemens sous toutes leurs faces, et par une discussion sage et sans aigreur, s'efforcent de les montrer sous leur véritable point de vue.

Il résulte de ces fâcheuses dispositions, que, loin de s'éclairer, les esprits s'égarent, et que des nuages s'amassent de jour en jour sur l'horizon de notre littérature. Il se forme en France, si je puis le dire, deux corps d'histoire et de tradition sur les mêmes faits; et la génération qui s'élève n'acquiert qu'une instruction factice, suivant le prisme qu'elle place devant ses yeux. Cependant des deux côtés on invoque Clio, qui, sévère et impassible, s'obstine à rester debout au milieu de l'espace qui sépare les deux camps, exposée à toutes les tempêtes.

Il serait temps toutefois que l'on voulût enfin connaître le passé tel qu'il a été fait, et non comme chacun s'efforce de le recréer selon ses intérêts ou ses passions; il serait temps que les écrivains courageux, confians dans nos libertés publiques, ne fussent plus exposés aux vexations de tout genre, suscitées par la

ligue de ces hommes qui, ayant exploi-
té les révolutions, ne vantent la clarté
que pour avoir le droit de se tenir dans
les ténèbres. Ils s'acharnent, se déchaî-
nent contre quiconque se voue aux in-
vestigations de l'histoire; c'est par mille
dégoûts, par des manœuvres sourdes, et
en s'efforçant même, par des piéges ten-
dus jusque dans le sanctuaire de la justice, de ravir aux écrivains le secours
des lois protectrices, qu'ils ont l'espoir de
lasser les éclaireurs de la postérité, si je
puis me servir de cette expression, et de
les réduire au silence.

Ces hommes s'étaient flattés et ils se
flattent encore de pouvoir échapper à ce
redoutable témoin du temps (comme Cicéron appelle l'histoire), qui n'est le véritable vengeur des délits publics que
lorsqu'il s'érige en justice contemporaine. Si les rois d'Égypte étaient épouvan-
tés d'avance des jugemens qu'elle pro-
nonçait sur leurs cercueils, combien les
grands coupables, qui croient n'avoir que

leur conscience pour complice de leurs turpitudes et de leurs crimes politiques, ne doivent-ils pas s'effrayer de la voir les saisir tout vivans et briser leur masque au milieu du triomphe de leur hypocrisie! Cette crainte salutaire n'est-elle pas un frein plus redoutable, une garantie plus sûre pour la société, que ces lois muettes qu'éludent les hommes puissans ou qu'ils forcent à parler pour eux?

C'est en vain qu'ils se débattent : le temps est venu de discuter des faits et de produire des révélations qui sont d'une utilité plus réelle pour les contemporains que pour la postérité. Écrivains, ne vous découragez pas; réhabilitez l'histoire parmi nous, après y avoir relevé la liberté civile et politique; le temps est venu d'ailleurs où vous pouvez répéter avec l'accent de la vérité ces paroles échappées à Tacite sous le règne du vertueux Nerva : « Heureux temps où il est permis de dire » tout ce qu'on pense et de penser tout ce » qu'on dit! »

DISSERTATION

CRITIQUE ET HISTORIQUE

〜〜〜〜〜〜〜〜〜〜〜

J'ai pensé que les considérations préliminaires qu'on vient de lire, serviraient à mieux
faire apprécier les motifs qui m'ont porté à
présenter au public l'examen critique de l'histoire de M. de Ségur. Avant d'entrer en matiè-
re, peut-être dois-je prévenir le lecteur que
ce n'est point à une critique minutieuse ni à un
jugement passionné qu'il doit s'attendre, mais
plutôt à une dissertation d'un genre élevé, con-
forme au caractère de l'ouvrage qui est ici le
sujet de mes observations.

Cet ouvrage fait événement dans le monde et dans la littérature ; nous devons même le regarder dans la littérature politique comme une nouveauté. En effet, depuis le renversement du grand empire, depuis la chute de l'homme qu'on s'obstine à nous représenter comme le héros des *souverains parvenus*, nul, soit parmi ses familiers, soit parmi ses généraux intimes, n'avait hasardé d'en renfermer tous les traits dans un cadre vraiment historique, et de le peindre en paroles et en actions au moins avec les apparences de l'impartialité. Cette œuvre difficile avait besoin de l'autorité d'un nom que les lettres et les armes ont également honoré. Loin de nous, l'idée que l'ouvrage de M. le général comte de Ségur, placé dans une position si favorable pour l'écrire, ne mérite pas une grande partie de la vogue publique qu'il obtient en ce moment. Mais il nous appartient de rechercher si la vive curiosité qui s'attache à l'histoire de la grande-armée en 1812, et l'intérêt qu'elle semble inspirer assez généralement ; ne naissent pas autant du prestige des objets que du talent de l'écrivain.

Nous en faisons ici l'observation avec une sorte de douleur : serait-il vrai que la dégénération de la littérature, tant signalée de nos

jours, étendît ses progrès jusqu'au genre austère de l'histoire, qui s'élève au contraire et
grandit dans la dégénération des sociétés? Le
général comte de Ségur vient d'ouvrir une
nouvelle école pour la narration historique, de
même que l'illustre auteur des Martyrs avait
créé dans la sphère littéraire une nouvelle
muse, dont la muse romantique n'est qu'une
fille abâtardie. Nul doute que les novateurs ne
se traînent bientôt sur les traces de l'historien, comme ils se sont jetés sur celles du
poète, et par une imitation maladroite des
écarts que le talent seul peut justifier, n'y re-
cueillent que du ridicule. Nous avons d'autant
plus le droit d'être sévères, que l'auteur, dédaignant de donner à son livre le titre modeste
de mémoires, devenu aujourd'hui si banal,
a embouché dès son début la trompette de
Clio. Le titre, la forme, la division, qu'il a
adoptés, tout justifie notre observation; c'est
une relation, si j'ose m'exprimer ainsi, grandiose et pittoresque. Le romantisme domine
dans le style, bien qu'un grand nombre de pages y soit digne du burin sévère de l'histoire.
Nous pourrions tirer de la dédicace même
adressée aux vétérans, plusieurs phrases qui
confirmeraient notre critique. Il nous suffira

de la citation suivante : « Relevez ces nobles
» fronts sillonnés de toutes les foudres de l'Eu-
» rope! » Nous ne nierons point que cette expression ne pût être admise dans la haute poésie,
mais ici elle nous paraît au moins un peu em-
phatique et voisine du pathos. Du reste , si l'on
peut juger le style d'un écrivain dès les pages
mêmes de la dédicace, on ne doit juger son
ouvrage que d'après l'ensemble, et c'est la marche que nous allons suivre.

Les trois premiers livres forment une sorte
d'introduction ou de préliminaire interminab-
ble , embarrassé dans 136 pages, qui n'offrent
au lecteur que de la confusion et un entasse-
ment de faits mal coordonnés ; on y découvre
un écrivain encore peu exercé à distribuer ses
matériaux et à établir les proportions de son
édifice : cet art est pourtant une des parties les
plus essentielles du talent de l'historien ; et
à ce sujet, l'on ne saurait trop recommander
à ceux qui débutent dans la carrière, les préceptes et les théories exposés dans une lettre de Fénélon à l'Académie-française ; nous
croyons qu'il n'est pas hors de propos de les
rapporter ici en partie, et de nous appuyer
d'une autorité si imposante, surtout dans un
temps où l'on semble éviter les occasions d'of-

frir aux jeunes gens pour modèles, nos auteurs vraiment classiques et par le talent et par la morale. Ce précepteur judicieux, plein de goût, et formé à l'école des anciens, s'exprime en ces termes : « La principale per-
» fection de l'histoire consiste dans l'ordre et
» dans l'arrangement. Pour parvenir à ce bel
» ordre, l'historien doit embrasser et posséder
» toute son histoire ; il doit la voir tout entière
» comme d'une seule vue, en montrer toute
» l'unité, et tirer pour ainsi dire d'une seule
» source, les principaux événemens qui en dé-
» pendent. Par-là, il débrouille, il intéresse,
» il fait raisonner sans faire aucun raisonne-
» ment ; il ne laisse jamais languir, il fait même
» une narration facile à retenir par la liaison
» des faits..... L'historien qui a un vrai génie,
» choisit sur vingt endroits celui où un fait sera
» le mieux placé pour répandre la lumière sur
» tous les autres. Souvent un fait montré par
» avance, de loin débrouille tout ce qui le pré-
» pare. Souvent un autre fait sera mieux dans
» son jour étant mis en arrière ; en se présen-
» tant plus tard il viendra plus à propos pour
» faire naître d'autres événemens. C'est ce que
» Cicéron compare aux soins qu'un homme de
» bon goût prend pour placer de bons tableaux

» dans un jour avantageux : *Videtur tanquàm*
» *tabulas benè pietas collocare in bono lu-*
» *mine.* »

On verra par la suite que plusieurs de ces
préceptes trouveront leur application dans les
défauts de l'ouvrage que nous commentons.

Si de l'ordonnance nous revenons au style, nous remarquerons, sans conséquence et
sans pédantisme, que la première phrase du
début de M. de Ségur est incorrecte ; la voici : « Depuis 1817, l'intervalle entre le Rhin
» et le Niémen *était* franchi, et ces deux fleu-
» ves rivaux. » On sent que la répétition du
verbe auxiliaire était indispensable.

Comme la dédicace, cette introduction
abonde en impropriétés de termes ; on y
trouve : *des étincelles de haine jalouse et*
impatiente qui échappent à la jeunesse prus-
sienne ; et la voix du dix-neuvième siècle,
devenu le grand siècle, qui aurait rempla-
cé la voix d'un nouvel Homère. Mais ne nous
arrêtons point à ces taches trop fréquentes dans
un ouvrage d'ailleurs remarquable ; passons à
l'examen des faits et des événemens.

L'auteur fait observer que, dès l'ouverture
de la guerre avec la Russie, Napoléon perdit
l'appui de la Turquie et de la Suède par les

méprises de sa politique, et qu'il se laissa gui-
der, à l'égard de Bernadotte, devenu prince
royal, par ses passions et par d'anciens res-
sentimens. Mais ici nous croyons devoir relever un fait qui nous semble au moins hasardé. Le général-historien prétend que Bernadotte, pour s'assurer les suffrages des Scan-
dinaves, fit briller à leurs yeux quatorze millions dont son élection enrichirait le trésor de
l'État. Eh! bon Dieu, quelle masse d'or! Si Bernadotte n'eût fait que les promettre, le tour ne
nous paraîtrait pas impossible de la part d'un
personnage né sur les bords de la Garonne;
mais dans quel coffre aurait-il puisé quatorze
millions, lui qui fut obligé d'emprunter de Napoléon le septième de cette somme pour faire
son trousseau de roi!

Selon l'auteur, Bernadotte aurait sacrifié l'a-
venir de la Suède et son indépendance, en la
livrant pour jamais à la foi des Russes. M. de
Ségur ne s'est pas donné la peine de peser les
circonstances dans lesquelles se trouvait la
Suède et les avantages qu'elle s'assura par son
double traité avec la Russie et l'Angleterre;
car elle se donna bien moins à la première
qu'à la seconde de ces deux puissances.

La Suède, en se faisant garantir la Norwège

par compensation de la perte de la Finlande, ne sacrifiait ni son avenir ni son indépendance; bien au contraire, par son alliance avec deux États du premier ordre, elle assurait cette même indépendance contre Napoléon, qui, après lui avoir enlevé la Poméranie, exigeait le sacrifice absolu de son commerce intérieur, et prétendait traiter Bernadotte comme un général encore sous sa tutelle et comme un vassal de son empire. On est fâché de voir le général comte de Ségur partager encore aujourd'hui les préventions et les exigences de la politique impériale, que des écrivains intéressés s'efforcent toujours de préconiser. Il est appelé comme historien à s'élever à une plus grande hauteur.

Nous regrettons qu'en faisant parler les ministres et les confidens de l'ex-empereur, il ne les désigne nominativement que par des renvois, et que souvent même il ne donne sur eux aucune indication propre à les faire seulement soupçonner. On trouve aussi dans sa narration trop de faits qui ne sont appuyés que sur des ouï-dire; la nature de tels documens doit engager l'historien à ne se prescrire, dans ce cas, que des assertions dubitatives, méthode sage si souvent employée par les anciens, et par Tacite même.

L'auteur n'apporte que le sceau de son autorité à un fait sur lequel il glisse trop légèrement, et que je serai à même d'éclaircir d'après des renseignemens positifs ; le voici : Quand Napoléon eut décidé l'invasion de l'empire russe, il en fit part à ses ministres, qui presque tous osèrent lui élever des objections. Le duc de Gaëte s'étendit d'une manière très-franche sur le vide que les dépenses d'une si vaste expédition allaient occasioner dans les finances. « Vous croyez donc, lui dit l'empereur, » que je ne saurai pas bien à qui faire payer » les frais de la guerre ? » Veut-on savoir quelles étaient ses ressources imprévues ? il ne comptait ni sur des contributions extraordinaires dans le pays ennemi, ni sur de nouveaux impôts dans son propre empire ; certes il n'était pas homme à se permettre de tels moyens... Celui qu'il tenait en réserve n'était tout bonnement que la fabrication de faux billets de banque russes, qui dans la suite, selon M. de Ségur, furent retrouvés intacts à Wilna, et brûlés par son ordre. Selon d'autres, les vingt-huit caissons, porteurs de cette masse de faux billets, après avoir suivi l'armée à Moscou, furent brûlés dans cette ville même au moment de l'évacuation. J'ajouterai dans une note des circonstances accessoires qui manquent à un pareil trait dans M. de Ségur (1).

Ce général indique aussi quelques-uns des mobiles secrets qui décidèrent Napoléon à courir à l'attaque de la Russie, sans avoir soumis l'Espagne, et toujours dans l'idée qu'une seule bataille suffirait pour en finir de cette nouvelle et hasardeuse expédition. M. de Ségur désigne, sans le nommer, un médecin français qui, après avoir habité long-temps Moscou, entraîna l'empereur, par l'espoir séduisant d'un succès infaillible. Il fait intervenir aussi un seigneur moscovite qu'il ne nomme pas davantage, et qui parvint, dit-il, à persuader à Napoléon, qu'Alexandre se rebuterait devant les difficultés et se laisserait facilement abattre par les revers. J'ai sous les yeux une relation inédite où le médecin français est désigné sous le nom de Millius, et où l'on impute aux suggestions de Speranski, secrétaire intime de l'empereur Alexandre, ce que M. de Ségur attribue aux insinuations du seigneur moscovite.

J'abrégerai les observations sur ces trois premiers livres, pour entrer dans le narré vé-

---

(1) *Voyez* à la fin de cette dissertation la note n° Ier.

ritable de l'expédition, qui ne commence qu'au quatrième. Ici l'auteur marche avec plus d'assurance et de fermeté; les faits nous paraissent mieux enchaînés, les descriptions mieux coloriées, et les aperçus moins vagues. Après avoir disposé avec peu d'art, comme nous l'avons dit, toute son avant-scène, l'auteur aborde le récit de l'action.

Et d'abord il nous montre Napoléon fidèle à sa croyance de la fatalité, n'omettant point de faire quelque allusion à son dogme privilégié, et ne remarquant jamais, sinon sans inquiétude, au moins sans un trouble intérieur, qui se trahissait au-dehors par les paroles mêmes qu'il croyait propres à le déguiser, les moindres manifestations de la destinée à son égard. A péine a-t-il passé le Niémen, que son cheval s'abat comme il apparaissait devant la rive du fleuve russe. « Ceci, s'écrie un officier » de sa suite, est d'un mauvais présage; un Ro- » main reculerait. » Ce n'est pas tout : on commençait à s'enfoncer dans les sables et les forêts de la Lithuanie, lorsque le tonnerre gronde tout-à-coup, et déploie ses roulemens sur un espace de cinquante lieues : l'armée est ménacée des feux du ciel et accablée de ses torrens *par de lourds et noirs nuages*, selon

l'expression de l'auteur : 10,000 chevaux périssent par l'effet des grêlons et des *froides pluies*,
présages sinistres, réprobation céleste qui frappe tous les soldats, sans qu'il se mêlât à cette impression profonde aucun sentiment religieux.

Ce sont ces détails frappans qui donnent de
l'âme à l'histoire; nous rappellerons ici combien ces accidens, quoique naturels, qui impri-
ment aux hommes une sorte de terreur secrète,
même contre le témoignage de leur raison,
semblent préparés pour ouvrir la lice des
évènemens avec une admirable solennité. Les
historiens anciens étaient soigneux de recueillir toutes les circonstances de ce genre,
qui, dépouillées d'ailleurs d'exagération su-
perstitieuse, n'en sont pas moins propres à
produire les plus vives impressions sur des
populations entières. Mais chez les anciens,
l'imagination ne décrivait pas seule ces phénomènes imposans; ces hommes d'un vrai génie
croyaient du moins aux dieux de leurs ancêtres
et de leurs concitoyens; leur intelligence s'hu-
miliait respectueusement devant ce qui devait
leur paraître surnaturel; ils communiquaient
de cette manière à leurs écrits ce que leur
âme sentait vivement, et la piété répandait sur
leurs tableaux le charme d'une mélancolie à la-

quelle le cœur ne pouvait résister. Tite-Live et
Xénophon en offrent de fréquens exemples;
mais rien ne me paraît présenter un plus grand
effet moral causé par un profond attendrisse-
ment que la découverte des ossemens des légions de Varus dans Tacite et la description
des funérailles de Germanicus.

M. de Ségur ne manque certainement ni de
couleur ni d'énergie ; mais, je le demande, si
la philosophie moderne n'avait point fait évanouir tous les prestiges sacrés, quelle scène
majestueuse il eût offerte à nos yeux, de quelles
sublimes émotions il eût affecté nos âmes, en
nous montrant, au milieu d'un désert de sable, une armée isolée, en butte à l'aveugle fureur des élémens qui eussent semblé déchaî-
nés par ordre du ciel; et certes, jamais de si
funestes augures ne se sont trouvés confirmés
par des effets plus déplorables.

Telle était la renommée de Napoléon, qu'elle
frappait de terreur les généraux russes, tandis
que lui de son côté, ne pouvant les atteindre,
accusait ses généraux d'avant-garde d'avoir
laissé échapper l'ennemi à Wilna. Là com-
mencent le tâtonnement et l'inaction de l'empereur. M. de Ségur ne nous apprend rien
de neuf sur les causes de son hésitation.

à rétablir la Pologne. On a beaucoup disserté sur ce point, sans songer peut-être que dans Napoléon les grandes mesures politiques n'étaient que des conséquences de ses triomphes militaires, et ne les précédaient jamais. Pour lui, le premier besoin était de combattre et de terrasser l'ennemi; cet homme ne voulait bâtir que derrière la victoire.

M. de Ségur prend un soin particulier de relever l'embonpoint de Napoléon pour nous montrer l'activité de son âme ralentie par un affaiblissement prématuré qui en était la suite. Il affecte même de nous le représenter comme étant d'une constitution maladive, déjà en proie à des maux d'estomac qui lui présageaient la même mort que celle de son père. L'auteur a vu dans ce dépérissement précoce des organes de Napoléon la cause de *nos malheurs*, sans toutefois s'expliquer assez clairement, pour qu'on ne soit point dans le doute, s'il a voulu parler de nos malheurs politiques ou des désastres de la campagne. Nous lui rappellerons que la clarté est le premier devoir d'un historien.

On peut encore lui reprocher d'employer trop souvent l'organe de personnages qu'il ne nomme pas; si c'est pour cause de ménagemens, l'histoire impartiale les exclut.

Nous tenons de M. Paillet de Warcy, ex-officier au 9e régiment de lanciers, quelques éclaircissemens relatifs à des inexactitudes militaires échappées à M. de Ségur, au sujet du combat d'Ostrowno, livré le 25 juillet, et le premier combat remarquable de cette désastreuse campagne. Suivant M. de Ségur, l'honneur de la journée semblerait appartenir tout entier au 8e régiment de hussards; sans diminuer la part glorieuse que le 8e de hussards eut au succès, M. Paillet de Warcy, témoin oculaire, qui rend d'ailleurs hommage à la valeur des Daumon, des Coetlosquet, des Carignan, fait observer qu'après une première charge, ce corps, ramené vivement par des forces supérieures, fut obligé d'abandonner le terrain, et même d'y laisser les pièces de canon qu'il avait prises, et que ce fut le 9e de lanciers qui reprit les pièces sur l'infanterie russe. Ce dernier régiment se signala tellement, que Murat, connaisseur en bravoure, déclara qu'il n'avait jamais vu de la cavalerie charger de l'infanterie avec plus de courage et de succès, et dit, plein d'admiration, au colonel Gobrecht: « C'est assez, colonel; c'est assez, retirez-vous. »

Comme à Wilna, la victoire à Witeps échappe à Napoléon. En parlant de son entrée dans cette ville, qu'on trouva déserte, M. de Ségur ajoute : « Quelques juifs immondes et des jé- » suites y étaient seuls restés. » Ce rapprochement renforcé d'une ignoble épithète pourrait faire image dans certains résumés; mais dans un ouvrage historique, il n'est pas certainement d'un goût pur et sévère.

Napoléon s'arrête à Witeps pour se reconnaître, et pour rallier ses troupes sur les rives du Boristhène et de la Duna. Là, selon M. de Ségur, il prononça devant ses confidens que la campagne de 1812 était finie, et que celle de 1813 ferait le reste. Mais, était-il bien sincère en trahissant comme involontairement le secret de ses vues ultérieures? Nous ne le pensons pas : nous croyons même qu'il avait feint de laisser échapper ce demi-aveu, d'une part, pour mieux déguiser ses véritables intentions; de l'autre pour sonder ses entours. S'arrêter sur les frontières de la vieille Russie, s'en tenir à la conquête de la Lithuanie, et transformer cette guerre en une guerre de trois ans, n'était ni dans le caractère ni dans les intérêts de Napoléon, ni même dans le genre de sa tactique militaire. Aucun général des

temps modernes n'a semblé avoir eu davantage pour but de réaliser ce vers de Racine :

Achille va combattre, et triomphe en courant.

Il envisageait toutes ses expéditions comme
des pointes sur les capitales ennemies ; et d'ailleurs pouvait-il entrer dans ses desseins d'allumer une guerre d'Espagne sur le territoire
de la nouvelle Russie, quand la vieille Hes-
périe, par une lutte héroïque digne de sa résistance d'un siècle contre les Romains, commençait à lasser les aigles impériales fatiguées
de la vaincre sans l'avoir soumise ?

M. de Ségur avoue qu'à Witeps Napoléon
n'avait encore vaincu que les lieux et non les
hommes, et certes, à mon avis, il n'était nullement nécessaire qu'un de ses maréchaux lui
promît le soulèvement des Russes, que Murat
l'excitât, et voulût l'entraîner en avant. Après
avoir concentré son armée, il sortit de Witeps, où il avait d'abord résolu d'hiverner,
pour aller, disait-il, hiverner à Smolensk. Là,
le fantôme de victoire qu'il poursuivait et
qu'il se croyait toujours près de saisir, recula
encore devant lui. Il fallait pourtant prendre
un parti : franchirait-il le Boristhène ? c'était
César devant le Rubicon.

Parmi ses généraux, les avis étaient partagés.
M. de Ségur établit une différence entre les généraux intimes, qu'il appelle les généraux de l'*intérieur,* et ceux du dehors et non confidens. Il représente les premiers comme presque tous en
opposition à la marche, soit de Witeps, soit de
Smolensk sur Moscou, marche devenue depuis
si fatale. D'un autre côté, il désigne un maréchal d'empire comme poussant l'empereur à
franchir toutes les barrières, sans toutefois
nommer ce maréchal, et pourtant il est avéré
que ce fut Davoust ; c'est même à Smolensk
et dans un grand conseil de guerre, à ce qu'on
assure, qu'il fit décider la question d'aller en
avant d'une manière affirmative. soit pour com-
plaire à Napoléon, soit que lui-même se sentît
entraîné. J'invite le général comte de Ségur à
s'expliquer catégoriquement dans sa seconde
édition, sur des circonstances aussi essentielles, où il n'a pas jeté assez de lumière.

Mais si l'on veut se former une image des
désordres et des excès de tous genres qui ac-
compagnent l'invasion précipitée de quatre
cent mille soldats, qu'on lise cette relation
d'une vérité effrayante. On y verra le marau-
dage converti en impérieuse nécessité, l'art du
pillage appris par nos troupes à nos auxiliai-

res, qui nous surpassèrent brutalement ; le génie d'un homme accoutumé à des victoires rapides et à des paix subites, impatient d'en venir aux mains pour en finir plus tôt ; on y verra la Russie tout entière reculant devant lui, et la population échappant à ses mains pour lui ravir ses plus puissans moyens de conquête. Enfin l'armée ennemie prend position à Borodino, et Napoléon croit la tenir, car telles furent ses expressions. Là s'engage cette sanglante mêlée, où le champ de bataille fut jonché de cent mille morts ou blessés.

Il faut en lire la description dans l'ouvrage même, d'autant plus que l'auteur le premier y représente : « L'action du génie de Napoléon » comme enchaînée par son corps affaissé sous » le poids de la fatigue et de la fièvre ; » ménageant ses réserves, et ne voulant point faire donner sa garde. Tant de sang répandu ce jour-là ne lui laissa pour conquête que le champ de bataille : victoire chèrement achetée et incomplète, selon l'auteur, victoire qu'il appelle *sombre, isolée et sans flatteurs ;* enfin, victoire de soldat plutôt que de général.

On conteste généralement à M. de Ségur que Napoléon fût malade, souffrant, ou moralement affaibli à Borodino. Je tiens d'un témoin oculaire, d'un homme de sa suite, que dans la nuit même, avant de donner ses ordres, il but du punch, étrange remède! assez en usage pour les gens qui se portent bien. D'autres affirment qu'après avoir fait ses dispositions, il déjeûna de très-bon appétit : on conviendra que ces deux versions ne s'excluent nullement, et qu'au moins notre malade avait pris de sages précautions contre les défaillances; enfin, appuyé sur l'affût d'un canon, il vit commencer et se développer la bataille. Mais admettons pour constant ce que dit l'auteur qui, aussi témoin occulaire, avait d'ailleurs tant de moyens de s'assurer de la vérité: il résultera non-seulement de ce qu'il avance en cette occasion, mais de ce qu'il répète encore dans plusieurs endroits de son livre, que Napoléon était déjà usé pour la guerre dans un âge où les Villars et les Suwarow ne commençaient qu'à signaler la vigueur de leur génie militaire. On a cherché dans les rigueurs du climat et de la température de vaines excuses aux désastres de cette campagne; M. de Ségur le premier a prétexté l'accablement d'une maladie pour sauver la gloire du général en chef; sans me prévaloir du droit que j'aurais peut-être d'exiger un certificat du baron Yvan, chirurgien intime de Napoléon, la nécessité de vaincre et le besoin d'assurer l'avenir d'une si magnifique armée, ne devaient-ils pas triompher de la fièvre elle-même et repousser l'inertie du mal? Je n'ai pas besoin de remonter aux temps anciens pour montrer des généraux impotens faisant porter leur litière dans les rangs pour y fixer encore la victoire; qu'il me suffise de citer le maréchal de Saxe, en proie aux plus cruelles douleurs de la goutte : il vainquit à Fontenoy comme aurait pu faire le général le plus ingambe, et ne vengea ses souffrances que sur nos ennemis.

Ici la tâche de l'historien grandit, et les devoirs du commentateur deviennent plus austères. Le crayon du premier n'a plus à tracer que des esquisses lugubres; le second doit redoubler de sévérité, en demandant compte du sang français au conquérant déchu qui l'avait répandu sans ménagement jusqu'alors; mais qui du moins n'en avait arrosé que des champs de bataille, où la gloire nous était restée fidèle.

L'histoire de l'expédition se divise naturellement en deux parties; dans la première, nous avons suivi Napoléon depuis le Niémen jusqu'à Moscou; c'est la partie ascendante. Avec le second volume, que nous allons examiner, com-

mence le déclin de la fortune du puissant empereur, et le reste du livre n'est plus que le récit des calamités d'une expédition extravagante.
Cette dernière expression choquera sans doute
ceux qui, enthousiastes des vues gigantesques de
Napoléon, persistent à ranger le succès d'une
telle campagne dans l'ordre des possibles, et à le
regarder comme le dernier effort pour arriver à
la conquête du monde. Mais ce n'est encore là
qu'une illusion enfantée par l'esprit belliqueux
qui survit à la chute du système militaire et
envahissant. Quant à l'opinion que nous émet-
tons ici, et que nous nous étions déjà formée
par la lecture de plusieurs Mémoires particuliers, et d'après nos propres observations, loin
de la détruire ou même de l'affaiblir en quelques points, l'ouvrage de M. de Ségur, écrit
avec l'intention et les couleurs de la vérité, ne
fait que la confirmer sous tous les rapports.

La critique littéraire que nous pourrions
exercer sur cette seconde partie ne produirait
que des remarques analogues à celles que nous
a fournies la première. Dans celle-ci comme
dans la précédente, on aperçoit les mêmes défauts du style, gâté par l'enflure et trop fréquemment incorrect, quoique nerveux et partout animé d'un coloris séduisant. Ne voulant

pas, au reste, interrompre le fil de la discussion historique, nous réservons pour la fin de notre travail quelques citations qui justifieront ce que nous ne faisons qu'énoncer ici.

Le même embarras se décèle aussi dans la contexture et dans l'ordonnance de la narration. Par exemple, M. de Ségur m'a paru s'élever à toute la hauteur de son sujet dans le premier chapitre du huitième livre; c'est avec une touche vigoureuse, avec un pinceau d'une sombre énergie, qu'il y retrace le tableau solennel d'une population désabusée des victoires imaginaires de ses enfans, se levant en masse pour déserter ses pénates; qu'il nous représente une ville, moitié européenne, moitié asiatique, naguère vivante et animée par ce mélange et ce contraste d'habitans si divers devenue tout-à-coup silencieuse, veuve de ses citoyens, livrée à la solitude et à l'abandon. Mais, après une peinture esquissée à si grands traits, l'auteur, dans son troisième chapitre du même livre, revient à tort sur le même sujet avec des couleurs plus pâles pour créer un préliminaire à l'incendie de Moscou. Cette redondance ne pouvait qu'engendrer des détails décousus et des descriptions hors de leur place. On voit que la distribution de ses matériaux le gêne, et qu'il ne connaît point encore l'art de ménager les transitions de choses comme les transitions de mots.

Nous ne savons pas non plus pourquoi il représente Moscou (1) comme une brillante Oasis environnée de déserts. Cette notion est entièrement contraire aux renseignemens statistiques contenus dans les relations les plus récentes des voyageurs qui ont visité cette partie de la Russie; comment d'ailleurs imaginer qu'une ville de 300,000 âmes, l'ancienne capitale de l'empire moscovite, renfermant tant de palais et de richesses, et le lien du commerce asiatique et européen; comment imaginer, dis-je, qu'une si majestueuse cité ne soit environnée que d'un paysage aride, mort et inanimé ?

Nous ne nous arrêterons point au tableau de l'incendie de Moscou. Ce passage, qui ne répond pas à ce qui le précède, ne pourrait d'ailleurs soutenir le parallèle avec la description de cette catastrophe, unique dans l'histoire, qu'en a faite M. le baron Larrey, chirurgien en chef de la Grande-Armée, description d'une

---

(1) *Voyez* sur l'origine et l'histoire de Moscou, la note n° II à la fin de cette dissertation.

simplicité sublime, dont l'exactitude, par la force de la vérité et par le naturel des détails, remplit l'imagination de toutes les lugubres images d'une ville en proie aux flammes, en même temps qu'elle saisit l'âme d'épouvante (1).

Et que le lecteur ne perde pas de vue que ce vaste embrasement se développait en présence et au sein même de l'armée française, qui, par des exécutions prévôtales, ne pouvait éteindre les torches parricides des incendiaires. « Napoléon s'en irrita, dit M. de Ségur; il se sentait vaincu et surpassé en détermination; quels hommes! s'écria-t-il; ce sont des Scythes! » M. de Ségur nous le représente du haut du Kremlin, contemplant la mer de feu qui l'environnait, et pourtant ne soupçonnant point encore le danger dont il était personnellement menacé : une seule flammèche, exposée sur un seul caisson, pouvait tout faire sauter; ·de chacune des étincelles qui traversaient les airs dépendait le sort de l'armée entière; et ici M. de Ségur nous montre Napoléon se livrant à un sommeil tran-

---

(1) *Voyez* cette description tirée de l'ouvrage de M. le baron Larrey, et portée à la note n° III.

quille au milieu même de cette conflagration ;
il nous représente ses confidens, ses officiers,
ses généraux, n'osant troubler le sommeil de
leur maître, quoiqu'ils se vissent tous sur un
volcan. Mais quel est donc, au milieu de cet effroyable danger, cet homme dont on ménage
le repos comme celui d'un Sybarite? C'est ce
même Napoléon qui se faisait réveiller pendant la nuit, et s'arrachait souvent au calme
profond d'un premier assoupissement, pour
être informé plus tôt d'une simple victoire
ou de l'arrivée d'un courrier porteur de dépê-
ches de quelque importance; il est vrai qu'il
était alors dans le cours de ses heureux destins. Ne savait-il donc s'endormir que dans les
angoisses de l'adversité?

Enfin M. de Ségur nous le fait voir sortant
avec précipitation du Kremlin par une poterne, courant pendant cette fuite nocturne les
plus grands dangers, lui et sa vieille-garde, et,
dans l'épouvante de ce terrible réveil, répétant
à ceux qui l'entouraient : « Ceci nous présage de
» grands malheurs! » Mais ne tenant aucun
compte d'un si sublime avertissement, seulement étonné, il resta incertain, et assis sur ces
immenses décombres il rêva les délices de Capoue. Rentré au Kremlin après l'effroi du pre-

mier danger, quelles pensées y rapporte-t-il ?
L'empereur Napoléon fait chercher des comé-
diens, recrute une troupe, réorganise un
théâtre à l'instar de celui des Tuileries, et
pendant que les cendres qui l'environnent fu-
ment encore, le masque de Thalie et les
grelots de Momus occupent agréablement
ses loisirs ; jaloux de promener à travers des
ruines le décorum du pouvoir, il se complaît
dans de pompeuses représentations, s'efforce
d'organiser un gouvernement civil dans une
ville où il n'y a point d'habitans, entremêle
le luxe des czars à la pourpre impériale, rend
décrets sur décrets par le vain orgueil de les
dater du Kremlin, et se donne au moins pour
un moment le plaisir de l'autocratie.

Nous regrettons que le général-historien n'ait
pas cru devoir nous initier à tous ses secrets dans
ce genre ; il était à même, mieux que tout
autre, de nous faire pénétrer dans l'intérieur
du palais ; s'il ne nous en a pas ouvert toutes
les portes, c'est qu'il ne l'a pas voulu. Pouvait-il y avoir des mystères pour lui ? n'était-il
pas admis à toute heure auprès de la personne
du maître par les fonctions de sa charge (1) ?

---

(1) M. le général comte de Ségur était, en 1812, ma-
réchal-des-logis de la maison de l'empereur.

Si nous nous montrons exigeans, nous avons le droit de l'être, et ce droit, c'est M. de Ségur lui-même qui nous l'a donné, en disant : « Pour moi, je ne tairai pas ce que j'ai vu. » Nous rapportons cette phrase saillante de son livre comme garantie de la véracité de l'auteur, cependant ici il a dû voir, il a vu certainement, et il a gardé le silence. Il n'en est pas de même quant à la conduite patente de l'empereur : M. de Ségur ne le perd point de vue. Convaincu à la dernière extrémité, qu'il est temps de battre en retraite, Napoléon ne voit plus qu'une suite de revers dès son premier pas rétrograde. « Il faut persévérer, dit-il, ce-la donne raison ; » et trompant tout ce qui l'environne, il s'abuse lui-même. Qui le croirait? il forme désormais son infanterie sur deux rangs, et c'est pour cacher ses pertes ; si on lui en présente le tableau, il conteste les résultats. Interroge-t-il Daru son confident, et, au milieu de son trouble, lui dit-il brusquement ces deux mots : « Que faire ? — Rester ici tout l'hiver, lui répond le conseiller intrépide. — C'est un conseil de lion, » réplique l'homme qui ne se croit déjà plus l'homme du destin. Paris l'inquiète, le préoccupe, et domine toutes ses pensées ; Paris le ramène sur la Bérézina, Paris enfin lui fait vouer son armée à la destruction.

Nous venons d'analyser et de présenter en un seul groupe les traits les plus saillans qu'offre la relation du général comte de Ségur du séjour de Napoléon à Moscou. Nous avons omis de dire pourtant qu'il eut un moment la velléité de marcher sur Saint-Pétersbourg, mais qu'il ne s'arrêta pas sur cette inspiration du désespoir. Nos observations seraient incomplètes, si nous ne donnions pas la véritable explication de ce séjour trop prolongé de Napoléon à Moscou. Ce fut le résultat d'une espèce d'idée fixe, qui le portait à regarder comme acquis à perpétuité son ascendant sur l'empereur Alexandre; c'est ce que M. de Ségur entend par cette phrase fort énigmatique : *Il nourrissait l'espoir des souvenirs de Tilsitt et d'Erfurth.* Pour qui est instruit des événemens contemporains, cette énigme s'explique. On sait assez qu'à Tilsitt et à Erfurth, Napoléon se rendit maître par des prestiges adroitement ménagés de l'esprit et de la politique du czar. Mais comment pouvait-il espérer, après avoir tant abusé de son influence dominatrice, après avoir méconnu ses engagemens, envahi l'empire de son allié, et porté la fermentation dans toute cette nation russe, comment, dis-je, pouvait-il espérer que l'empereur Alexandre se soumît encore à des actes d'humiliation et de vasselage? Ainsi toute cette expédition qui devait décider du sort de Napoléon et de son armée, reposait sur une erreur de la vanité et une aberration de la politique. Quelle négociation, quel traité attendre encore d'un peuple et d'un gouvernement qui en brûlant et sacrifiant Moscou, avait eu le double but d'enlever au vainqueur un gage, et au vaincu un motif pour conclure la paix? Il ne restait donc plus qu'à fuir; et ce conseil de la nécessité, il n'y avait pas moyen que Napoléon se dispensât de l'entendre, car la nature, suivant M. de Ségur, le lui conseillait *de ses cent voix les plus puissantes;* figure du style de Brébœuf, et sur laquelle les jeunes lecteurs de l'historien de 1812 ne manqueront pas de s'extasier.

Du reste, Napoléon fut bien moins docile au conseil des *cent voix puissantes de la nature* qu'il ne fut frappé d'étonnement de voir les Russes oser venir l'attaquer à Molo-Jaroslavetz, à trente lieues sud de Moscou, et après les avoir repoussés, d'être lui-même obligé de fuir les Cosaques qui avaient pris sa garde de

flanc et tourné les troupes d'Eugène Beauhar-
nais.

Je trouve quelque confusion dans le récit de
l'auteur au sujet des hésitations de Napoléon,
dans les premiers momens de sa retraite et de
cette échauffourrée de Cosaques vers Boroswk,
où il faillit tomber au pouvoir de l'hetman
Platow.

Ici l'étoile de Napoléon jette encore quelque lueur au moment même où il achève de
se déterminer malgré lui à un mouvement
rétrograde. Kutusoff et ses quatre-vingt mille
Russes se retirent à quelques marches vers le
sud, c'est-à-dire que le même jour et à la
même heure les deux armées se tournent le
dos comme de concert. Je puis affirmer que
les officiers-généraux russes qui ont écrit l'histoire de cette campagne n'ont offert aucune
explication satisfaisante de ce contre-sens militaire de leur général en chef, Kutusoff, le
temporiseur. M. de Ségur, par inadvertance
sans doute, le désigne sous le nom de *tempo-
risateur* : ce mot n'est pas français.

Il fallut précipiter la retraite, qui, avant
même l'arrivée à Smolensk, fut signalée par
des calamités et par des désastres ; « et cette
» funeste Smolensk, dit M. de Ségur, que l'ar-

» mée avait cru le terme de ses souffrances,
» n'en marquait que les commencemens.......
» A tant de malheurs, Napoléon n'opposa
» qu'une résistance inerte. Sa figure resta la
» même ; il ne changea rien à ses habitudes......
» Il laissa la fortune lui tout arracher plutôt
» que de sacrifier une partie pour sauver le
» reste. » Voilà des traits que les enthousiastes
de cet homme extraordinaire ne pardonneront
pas à l'historien de 1812.

Telle fut cette retraite désastreuse, déjà tant
de fois décrite, que sur cent mille combattans
sortis de Moscou, il n'en restait, après vingt-
cinq marches, que trente mille. Mais ce fut
dès-lors entre Napoléon et Kutusoff comme
un défi continuel à qui ferait le plus de sot-
tises. « Il est donc écrit là-haut, s'écria Na-
» poléon en arrivant à Borisow, que nous ne
» ferons plus que des fautes ! » Mais là aussi on
eût dit qu'il venait de dicter au général russe
(amiral Tchitchakoff) l'ordre de quitter les
bords de la Bérézina, au moment où il avait
lui-même besoin qu'on lui ouvrît le passage
pour ne pas être anéanti ; et comme s'il lui
avait écrit : « Ote-toi de là, que je passe », l'a-
miral s'en alla. Le sacrifice d'une partie de
l'armée française ne coûtait rien à Napoléon,

pourvu qu'il sauvât sa personne. Les Russes auraient pu l'écraser lui et sa faible troupe ; ils n'osèrent l'aborder.

Quelque faible connaissance qu'un lecteur puisse avoir des mouvemens stratégiques et des combinaisons militaires, comment s'empêcher de hausser les épaules en remarquant la stupidité russe dans cette poursuite de trois cents lieues ! L'auteur ne laisse rien à désirer à ce sujet ; il peint sous les traits les plus frappans les désastres de la Bérézina, de Wilna, et enfin la ruine complète de l'armée sur les hauteurs de Ponari. «Ce n'était plus, dit-il, que » l'ombre d'une armée ; mais c'était l'ombre de » la grande-armée. » On ne voit plus alors de ces innombrables phalanges qui s'étaient élancées naguère sur le sol de la Russie, que des lambeaux qui se traînent çà et là, qu'une troupe nomade, où tous les liens rompus, tous les rangs effacés par la misère, ne laissent plus aucun vestige de la subordination, et qui semble en un mot n'avoir plus de chef. Que dis-je ? il y en avait un encore ; et ce chef qui couvrait l'armée du bouclier de sa valeur personnelle accrut sa renommée au sein même de nos revers : Ney fut le héros de la retraite.

Avant d'en venir à l'événement du passage

de la Bérézina, M. de Ségur rapporte une circonstance d'autant plus remarquable, qu'elle
doit exciter de vifs regrets de la part des historiens contemporains. Il assure que Napoléon, se voyant à la veille d'être cerné, fit brûler tous les papiers qu'il avait rassemblés pour
écrire l'histoire de sa vie, quand il s'arrêterait vainqueur, soit sur la Duna, soit sur le Borysthène, où il revenait fugitif et presque sans
armée. Ici, les réflexions naissent en foule. D'a-
bord est-il bien sûr qu'il ait jamais eu le dessein de s'arrêter? et pouvait-il s'arrêter? Selon M.
de Ségur, c'eût été pour combattre l'ennui d'un
long quartier d'hiver sur le Borysthène que le
nouveau César y eût dicté ses mémoires. Quoi
qu'il en soit de cette anecdote, jusqu'ici peu
connue, nous persistons à penser que dans aucune position et dans aucune occurrence, Napoléon n'eût écrit l'histoire de sa vie avec sin-
cérité et franchise. Du reste, la perte de ses papiers, soit qu'on les considère comme des documens historiques, soit qu'on les regarde seulement comme des notes confidentielles, est irréparable; elle s'est fait sentir depuis par le vide de tous les écrits sortis de la plume de ses
secrétaires et de ses annotateurs à Sainte-Hélène.

Enfin l'astre de Napoléon s'éclipse devant l'étoile du Nord. C'est ainsi, dit M. de Ségur, que les grandes expéditions s'écrasent sous leur propre poids. Peut-être cependant n'a-t-il manqué qu'un génie égal à la grandeur de l'entreprise. L'auteur ne tient-il donc aucun compte de tant de fautes accumulées ? Il est difficile, objectera-t-on, de faire mouvoir de si grandes masses à des distances si éloignées de leur climat natal ; je répondrai que Napoléon n'avait pas assez étudié Gengis-Kan.

Dans la première partie de cet ouvrage, le héros de l'expédition nous paraît un véritable héros de mélodrame ; dans la seconde partie, il s'efface graduellement et se perd dans la décomposition de son armée : il n'est plus qu'un des fuyards.

Telle est l'impression qui nous est restée de la lecture attentive de l'ouvrage de M. de Ségur. Ce n'était pas celle, bien probablement, qu'il s'était proposé de faire naître dans l'esprit de ses lecteurs. Nous ne voyons même pas que les fautes et les calamités de cette campagne aient affaibli le fond de son admiration pour Napoléon, qu'il décore en toute occasion du titre de génie, jusque-là victorieux et infaillible. Veut-il caractériser sa puissance, il nous le représente

comme ayant tenu « le grand-livre des pen-
» sions, celui des rangs et celui de l'histoire ;
» comme ayant eu de quoi satisfaire tous les
» esprits avides, mais aussi tous les cœurs gé-
» néreux. » Comment avec de si grands moyens
et un si vaste génie ne pas être resté le maître
de la terre ?

Nous voici parvenus au dernier point de
discussion historique ; la tâche qui nous reste
encore consiste à démêler et à préciser le jugement de M. de Ségur sur l'ensemble de l'expédition, jugement qui ressort en plusieurs
endroits de sa manière de s'exprimer sur des
fautes partielles, mais qu'on ne trouve point
énoncé en termes assez positifs. Le paragra-
phe suivant, extrait de son livre, nous paraît
à cet égard le plus concluant : « La Russie eût
» été conquise tout entière sur le champ de ba-
» taille de la Moscowa ; mais l'entreprise man-
» quée militairement par cette indécision, et
» politiquement par l'incendie de Moscou, l'ar-
» mée eût encore pu revenir saine et sauve. »
Ainsi, de l'aveu même de M. de Ségur, toute
la responsabilité de ce grand revers doit donc
peser sur Napoléon. En vain l'auteur a-t-il
essayé, aux dépens de la santé de son héros,
d'atténuer le reproche de n'avoir pas su pro-

fiter de la victoire de la Moscowa ; nous l'avons combattu avec l'arme de l'ironie qui convenait seule à ce mode d'apologie ; quant au vertige qui le retint quarante jours sur les débris d'un incendie, M. de Ségur n'ose point avancer en sa faveur une ombre d'excuse. Reste un troisième grief, sur lequel l'historien glisse trop légèrement, et peut-être à dessein. Comment justifier un général d'armée? bien plus, comment aurait-on pu pardonner à un homme de bon sens, qui même ne se fût jamais trouvé à la tête d'une brigade, de choisir pour ramener cent mille hommes entourés d'ennemis, pendant un trajet de près de trois cents lieues, une route qui venait d'être dévastée par nos soldats et par l'ennemi lui-même, tandis qu'à quelques lieues au sud se trouvait une route parallèle et intacte, où nos troupes dans leur retraite n'eussent pas péri presque tout entières de faim, de froid et de fatigue? Quel dut être le motif d'un choix si funeste? le besoin sans doute pour Napoléon de hâter sa fuite, de quitter plus vite un pays où tout devenait menaçant, où il s'était avancé témérairement sur les ailes de la victoire, et d'où il sortait précipitamment sur les ailes de la peur.

On doit conclure de tout ce qui précède

que les fautes de Napoléon, avouées enfin par ceux mêmes de ses généraux qui lui étaient les plus dévoués, le condamnent irrévocablement au tribunal de l'histoire. Lui-même, d'après son historien, s'était écrié : « Voilà donc ce qui » arrive quand on entasse fautes sur fautes ! » exclamation qui ne lui échappait pas ici pour la première fois.

A l'égard de la possibilité de vaincre dans cette même campagne, nous avons déjà fait connaître à nos lecteurs que nous différions de l'avis de M. de Ségur, qui penche pour l'affirmative, même en se bornant à l'emploi des moyens que Napoléon a mis en usage. Nous sommes convaincus que pour triompher il lui aurait fallu, au-delà du Niémen, une autre organisation militaire, et un plan d'agression plus méthodique. Vainement M. de Ségur adresse-t-il, dans sa péroraison, à ceux de ses compagnons d'armes qui ont survécu à tant de désastres, cette espèce d'invocation solennelle : « Vous auriez pu triompher de la » Russie comme vous avez vaincu ses soldats ! » Ce n'est là qu'une antithèse. L'auteur, par ces paroles, ne se montre-t-il pas en contradiction avec lui-même après avoir fait ressortir, dans cent endroits de son livre, le patriotisme et le dévouement des Russes? Ne s'est-t-il pas écrié dans un autre passage : « Ce grand peu- » ple aura son grand siècle ! » Eh quoi donc ! eût-il été un grand peuple, le peuple qui, pos- sesseur d'un aussi vaste territoire, n'aurait point su se préserver de la conquête, et se se- rait laissé subjuguer, non par ses voisins, qui eussent pu trouver des ressources toujours nouvelles, mais par un conquérant lointain, qui eût été obligé de traîner à sa suite, pen- dant trois cents lieues, tout l'attirail nécessai- re à cette immense expédition? Aussi croyons- nous fermement que le gouvernement russe, qui eût trouvé, au besoin, sa sûreté et une barrière derrière le Volga, eût pu y défier le génie conquérant de Napoléon et ses élans les plus belliqueux.

On a pu voir, par le tour de notre discus- sion et par les occasions nombreuses de dé- bats historiques qui se sont présentées, quelle source immense d'instruction sur la campagne de 1812 offre l'ouvrage de M. de Ségur. On sait déjà que certaines personnes lui reprochent d'avoir trop vu et d'avoir trop dit; quant à nous, qui recherchons avec avidité de nou- veaux faits pour mieux apprécier les événemens et de nouvelles anecdotes pour mieux connaî-

tre les hommes, nous nous plaignons ou que
M. de Ségur n'a pas assez observé, ou qu'il n'a
pas assez avoué.

Que M. de Ségur y prenne garde : il a dû
s'apercevoir à certaines clameurs qu'on n'é-
crit l'histoire contemporaine qu'en marchant
sur des charbons ardens ; j'en parle avec quelque connaissance de cause. Les braves compagnons auxquéls il rend si souvent hommage, lui savent déjà peu de gré d'avoir tant prodigué les épithètes de *grand, d'infaillible*,
au chef qui compromit si gravement leur
réputation militaire. Déjà, quelques-uns
croient entrevoir dans les traits de vérité dont
fourmille son livre, les sentences d'une con-
damnation historique; déjà même il se prépare des factum apologétiques, et probablement une longue suite de récriminations. Le
public s'attend à avoir bientôt sous les yeux
une réfutation complète de l'ouvrage de M.
de Ségur ; tout porte à croire que l'on ne com-
battra ici qu'avec les passions, et que le fanatisme d'une admiration exclusive y fera sentir
son influence. Tel n'a pas été, et tel ne pouvait être le mode de notre examen, qui se serait écarté dans ce cas de l'indépendance et de
l'impartialité dont nous faisons profession.

Quant au mérite de l'auteur comme écrivain, ce que nous en avons dit en plusieurs endroits suffirait peut-être pour ne laisser aucun doute sur ce que nous en pensons ; cependant si nous offrons ici aux lecteurs quelques observations critiques sur les détails, c'est parce que de nos jours, chacun dédaignant le style simple, naturel, et surtout plein de clarté de nos grands maîtres, s'en forme un à sa guise, et trouve le moyen de le faire préconiser par les prétendus organes de l'opinion, qui ne sont trop souvent que les échos des coteries et des cercles particuliers. De là, une confusion de tous les genres, et une indécision générale sur la manière de traiter un sujet quelconque. C'est donc rendre service, aux jeunes gens surtout, que de leur apprendre à creuser ces expressions dont le vernis les séduit, et de les avertir que le clinquant peut quelquefois briller comme l'or.

Nous observons d'abord qu'on ne dit pas indistinctement, comme le fait M. de Ségur, des *traînards* ou *des traîneurs* : l'un est un mot des camps, l'autre est le mot de l'académie.

Que veut exprimer l'auteur, en disant des généraux, plus que prodigues, qu'ils prenaient tout, croyant *qu'une main lavait l'autre ?* A

force de méditer sur cette étrange métaphore,
on finit par deviner que l'auteur entend, que
la main qui tient l'épée lave la main qui pille;
mais ce serait tout au plus une main qui ferait pardonner l'autre, et cette figure est d'ailleurs si mauvaise, qu'on ne saurait rien y subs-
tituer de raisonnable. On ne peut au reste,
dans le cas dont il s'agit, établir de distinc-
tion en l'honneur de la main droite ou de la
main gauche, car le proverbe indique assez
qu'on prend des deux mains.

Ailleurs M. de Ségur, en décrivant le lieu
d'un combat, lui trouve *les formes pronon-
cées d'un champ de bataille.* C'est un com-
pliment que M. de Ségur aurait dû réserver
pour les Alcides français ou pour les dames de
l'Alsace.

Il est fâcheux que des taches de ce mauvais
goût déparent trop souvent un ouvrage, où l'on
rencontre à chaque pas des descriptions plei-
nes de mérite, très-animées et véritablement
pittoresques. Par exemple, il est probable que
M. de Ségur avait encore bien présentes à l'i-
magination les pirouettes de l'Opéra, lorsqu'en
parlant de la multitude des soldats découra-
gés qui avaient jeté leurs armes au milieu du
danger, tandis qu'un petit nombre se défen-

daient valeureusement, il la compare à une
vile cohue qui *tourbillonne* sur elle-même.

Dans un autre passage, dont l'énergie nous
a fait plus d'une fois frissonner, où l'auteur
peint l'armée en proie à toutes les misères et
livrée à tous les fléaux, surprise par un ouragan glacial, enveloppée par des tourbillons de
neige qui effaçait la vue de tout autre objet,
on se trouve à la fin désenchanté. Le tableau
de cette scène, d'une tristesse si accablante,
termine par cette phrase du faux genre os-
sianique : *Tout est neige ! c'est un grand lin-
ceuil dont la nature enveloppe l'armée.*

Cette dernière réflexion nous montre un
historien transformé en barde, défaut qui se
reproduit trop fréquemment dans le livre de
M. de Ségur. Est-ce ainsi, nous le demandons,
que les anciens composaient leurs livres d'histoire, et doit-on appliquer ce style vague, au
récit des choses réelles ? C'est mettre la poésie
à la place de l'histoire ; c'est en quelque sorte
changer les rôles, et enfin c'est s'adresser uni-
quement à l'imagination, quand on ne doit
parler qu'à la raison et au jugement.

Que M. de Ségur ne se rebute pourtant
pas, qu'il poursuive une carrière où de véritables succès lui sont réservés, s'il a le courage

de se rectifier lui-même. Le premier de tous les succès est sans doute de se faire lire, et c'est celui qu'obtient en ce moment son premier ouvrage; mais qu'il s'efforce de donner à la marche de ses plans un ordre plus didactique, plus d'égalité, de correction et de sévérité à son style; surtout qu'il évite l'emphase des mots; qu'il cesse de tant viser à l'effet, et qu'il n'ambitionne plus de créer le mélodrame dans l'histoire, comme madame de Genlis a créé l'histoire dans le roman.

NOTES.

—

N° Ier.

Note communiquée.

« Lorsque les préliminaires de la paix furent signés à Tilsitt, entre la Russie et la France, un adhérent intimé de Napoléon offrit à son maître d'aller faire à Saint-Pétersbourg ce qui n'avait que trop réussi à Vienne. Une mission diplomatique masqua le but de son voyage, et bientôt après, ce dangereux émissaire fut en état d'expédier à Paris, sur le boulevart du Mont-Parnasse, les modèles des planches, matrices et poinçons, des billets de banque russes. Comment se serait-on défié à Saint-Pétersbourg de ses méchans desseins? il arrivait revêtu d'un caractère sacré, et le rameau d'olivier à la main.

Des précautions minutieuses avaient d'ailleurs été prises pour que les artistes de Paris, employés à la contrefaçon, ignorassent eux-mêmes à quelle œuvre d'infamie on prostituait leur talent. Le sieur V. et le sieur F. furent les seuls qu'on mit dans la confidence : le premier était fondeur en caractères d'imprimerie; il recevait des artistes les lettres, chiffres et vignettes qu'ils avaient gravés, et formait ce qu'on appelle la planche. Le sieur F., imprimeur, était chargé du tirage; il se faisait aider par un sieur C..., qui a travaillé long-temps dans ses ateliers, et par un sieur D..., qui cache maintenant son existence dans une imprimerie de Bruxelles.

En 1812, on essaya de triompher de la Russie par les mêmes armes qu'on avait employées en 1809, pour ruiner le crédit de la cour de Vienne, par l'émission de faux billets de sa banque; mais cette fois Bonaparte fut moins heureux. La fabrication des billets russes avait présenté des difficultés imprévues ; elle s'était faite avec une lenteur dont n'avait pu s'accommoder l'impatience de son caractère. La campagne était ouverte quand il vit arriver les 28 caissons qui apportaient ces faux billets; il n'eut pas le temps de les faire négocier; il fut même impossible de les répandre dans les villes que traversaient les armées : elles étaient toutes désertes. Ces diverses contrariétés étaient des augures sinistres. Bonaparte, poursuivant sa marche audacieuse, atteignit Moscou : ses destinés furent dès-lors accomplies. Quand il abandonna les cendres de cette nouvelle Ilion, il fit brûler les 28 caissons qui renfermaient les billets de banque.

D'après cette version, les faux billets auraient suivi l'armée jusqu'à Moscou; selon M. de Ségur, ils se seraient arrêtés à Vilna : peu importe, le fait est historiquement constaté. Quelle source de réflexions en découle ! Il y a eu au sein de Paris un atelier organisé de faux billets des banques de Vienne, de Russie et de Londres !....

N° II.

Origine et Histoire de Moscou.

Moscou n'existait point encore lorsque Rourik, le Scandinave, tige de la première dynastie russe, vint s'établir à Novogorod, et avant même la fondation de Moscou les villes de Kief, Waldimir, Novogorod et Tver, étaient déjà célèbres en Russie. Kief fut considérée long-temps comme le principal siége de l'empire russe, partagé alors en plusieurs principautés presque indépendantes, mais gouvernées par des princes du sang de Rourik. Au milieu du douzième siècle, Jouri, ou Georges Ier, monta sur le trône de Kief; ce prince ambitieux et perfide voulut tout envahir, ce qui lui fit donner le nom de *Dolgorouki*, c'est-à-dire *aux longues mains*. Son règne fut très-agité; il fonda cependant plusieurs villes, entre autres Volodimer, sur la Kliasma, qui devint bientôt, et resta long-temps, la capitale de la Russie entière; ce fut lui qui jeta aussi les fondemens de Moscou.

Le terrain où s'éleva depuis cette nouvelle capitale était renfermé alors dans les vastes domaines d'un Russe opulent, nommé Stepen-Ivanovitch-Koutchko. Ses plus belles fermes étaient situées à l'endroit même où la Moscowa réunit ses eaux sinueuses à celles de l'Iaouza et de la Neglina : c'était une des plus heureuses situations de la Russie. Le grand prince Jouri s'y arrêta, et en fut frappé dans un de ses voyages à Volodimer. La beauté du site, ses

points de vue pittoresques, l'aspect enchanteur des rivages de la Moscowa, si riches en plantes inconnues
dans les contrées septentrionales de la Russie, furent autant d'aiguillons qui décidèrent Jouri à consommer la
spoliation la plus inique. Il avait été choqué d'ailleurs
des traits d'orgueil de Koutchko, qui, fier de sa fortune
et de l'étendue de ses possessions, en faisait un vain éta-
lage. Un délit imaginaire servit de prétexte aux accusa-
tions dirigées contre ce Russe opulent, dont le seul crime était sans doute de se trouver possesseur d'un domaine convoité par son prince. Le cruel Jouri fit rendre
contre sa victime une sentence de mort, et s'empara de
tous ses biens. A peine en eut-il la jouissance, qu'il fit en-
tourer d'une enceinte de bois la partie de son nouveau
domaine, qui se trouvait au confluent de la Neglina et de
la Moscowa; on y construisit aussi des maisons également-
ment de bois, et la ville naissante reçut son nom de la
Moscowa, comme étant la plus considérable des trois
rivières qui arrosaient son territoire. Jouri peupla Moscou de colons, qu'il appela de Volodimer, et de paysans
qu'il tira des fermes voisines.

Ainsi Moscou dut sa première origine à une iniquité.
Jusqu'à sa mort, Jouri montra pour cette ville une pré-
dilection particulière; mais elle tomba, sous ses succes-
seurs, dans une telle décadence, qu'il fallut en quelque
sorte la fonder une seconde fois, pour que le prince Daniel, à qui elle échut en partage, pût l'habiter. Le terrain,
occupé depuis par le Kremlin, nom tartare qui signifie forteresse, et qui forme aujourd'hui le centre de Moscou,
n'était alors qu'un bois et un marais, au milieu duquel on
voyait une petite île, n'ayant pour toute habitation

qu'une seule cabane. C'est là que Daniel fit construire
des églises, des monastères, et d'autres bâtimens qu'il
environna de palissades. Il s'attacha tellement à sa nouvelle résidence, que lorsqu'il hérita du grand-duché de
Volodimer en 1304, il préféra le séjour de Moscou à celui
de sa capitale. Il agrandit, il embellit Moscou, préparant
tout pour que cette ville devînt bientôt le siége de la domination russe. Son fils Ivan en favorisa aussi les accroissemens, et Moscou, devenu à la fois la résidence habi-
tuelle des grands princes de Russie et du patriarche de
la religion de l'état, fut bientôt reconnue pour capitale de
la Russie entière. Mais jusqu'au règne de Démétrius,
fils d'Ivan Ier, Moscou ne fut bâtie qu'en bois, et n'offrit
aucun monument remarquable. Ce fut Démétrius qui, le
premier, fit construire en pierres le Kremlin, ou quartier
des souverains de Russie. On l'éleva sur une hauteur;
une muraille de briques, et flanquée de tours, l'environna;
des fossés revêtus de pierres en défendirent les appro-
ches : tous ces ouvrages s'exécutèrent en 1286, sous la
direction d'un architecte milanais, nommé Pierre Sola-
rius.

Vasili, ou Basile II, agrandit aussi Moscou. Il réunit
cette principauté à celle de Novogorod; mais pendant
qu'il étendait sa domination, Tamerlan, conduit par la
victoire, parut tout-à-coup sur les frontières de la Russie : c'était vers la fin du quatorzième siècle. Ce terrible
dévastateur dirigea sa marche vers Moscou, à la tête de
400 mille combattans. La terreur se répand aussitôt dans
cette capitale; mais contre toute espérance, Tamerlan
reprit tout-à-coup la route de l'Asie. Les habitans de
Moscou s'imaginèrent qu'un songe effrayant avait éloi-

gné le fier Mogol, et ils attribuèrent ce miracle à la Vierge, dont ils avaient pieusement invoqué l'image peinte par Saint-Luc. Il est donc faux que Tamerlan ait jamais pris et brûlé Moscou. Ce fait, que rapporte le seul Cheriffedin, a été répété par Petit-de-la-Croix, son traducteur; mais il est démenti par toutes les chroniques russes.

Moscou s'embellissait néanmoins : la première horloge sonnante y fut placée en 1404; les églises commençaient à s'orner, et les rues prenaient une sorte d'alignement. Mais à peine quinze années s'étaient écoulées depuis l'apparition de Tamerlan, que cette capitale fut à la veille de tomber au pouvoir d'un Tartare, qui, sous le nom de *Boulat*, régnait sur la Grande-Horde-Dorée. Il profite des dissensions qui affaiblissaient les souverains russes, et paraît à son tour, à la vue de Moscou, avec une armée de Tartares. Les habitans effrayés abandonnent la ville sans songer à leur fortune, et occupés seulement à sauver leurs jours. Des scélérats profitent du désordre, pillent les maisons et emportent les richesses, tandis qu'un petit nombre de citoyens dévoués défendent les murailles et repoussent les Tartares, qui ne revinrent point à la charge, faute de machines de guerre; *Boulat* cependant ne leva le siége qu'après avoir frappé la ville d'une énorme contribution.

Mais dès que la Russie eut secoué entièrement le joug des Tartares, Moscou attira les regards de l'Europe, et vit paraître, pour la première fois dans ses murs, sous Ivan III, au commencement du seizième siècle, des ambassadeurs de l'empereur d'Allemagne, du pape, du sultan de Constantinople, du roi de Pologne, de la république de Venise et du roi de Danemark. Ivan signa des traités d'alliance et d'amitié avec tous ces princes. Il attira dans sa capitale, par l'espoir des récompenses, des artistes et des ouvriers italiens, musiciens, architectes, maçons, fondeurs, peintres, orfévres, etc... Alors le palais des czars offrit une architecture plus régulière, et quelques-unes des inventions de la Grèce embellirent Moscou. De nombreuses églises et d'autres monumens s'élevèrent dans sa vaste enceinte, qui avait pris une forme circulaire, la ville s'étant agrandie tout autour du Kremlin, qui en formait le centre. Moscou, devenue accessible aux Européens, fit donner aux Russes le nom de nation moscovite ; mais cette capitale avait plutôt l'aspect d'une ville d'Asie que d'une ville d'Europe : elle renfermait déjà quelques palais, il est vrai, mais beaucoup de maisons de bois, et elle offrait de grands espaces vides couverts de jardins, de bosquets, de prairies.

Sous le règne d'Ivan IV, surnommé le *Terrible*, les boutiques étaient réunies, selon l'usage asiatique, dans une même enceinte, et un incendie, en 1547, les consuma toutes avec leurs marchandises : le feu gagna même d'autres édifices. On était encore frappé de ce désastre, lorsqu'un autre incendie, plus destructeur encore, réduisit en cendres le palais des souverains et la ville presque entière ; près de deux mille personnes périrent, et tous les habitans eurent à pleurer ou des parens, ou des amis, ou leur fortune, devenus la proie des flammes. Moscou ne se releva qu'après beaucoup de troubles et de massacres. La cruauté d'Ivan-le-Terrible remplit souvent de deuil cette capitale.

En 1591, sous le règne de Boris, les Tartares de la Crimée entrèrent avec les Turcs en Russie, et portèrent le ravage jusqu'à Moscou, dont ils brûlèrent les faubourgs. Quelques années après (en 1602), la famine y fut désolante : jamais tant d'hommes n'avaient été enlevés par ce fléau ; on vit entassés jusqu'à cent vingt-sept mille cadavres dans les rues de Moscou, car la population voisine qui affluait de toutes parts pour y chercher des secours, n'y trouvait que la mort.

Après le règne de Boris, les révolutions sanglantes de l'interrègne et du faux Démétrius remplirent plus d'une fois Moscou de meurtres et de carnage. Les Polonais y dictèrent des lois.

Sous l'administration sage du premier Romanof, Moscou, plus paisible, prospéra ; et sous le règne d'Alexis, père de Pierre-le-Grand, les boyards ou grands seigneurs, qui avaient de la fortune, furent tenus de résider dans la capitale et de paraître à la cour, politique sage qui fit fleurir Moscou, et empêcha les grands de prendre dans les provinces une autorité dangereuse. A cette époque, vers la fin du dix-septième siècle, on comptait à Moscou cinquante mille maisons, quatre cents églises, et cinq cent mille habitans.

Ce fut à Moscou que le czar Pierre apaisa deux fois la révolte des Strélitz, milice qui voulait régler l'État, et qui fut cruellement punie ; mais lorsque ce prince eut fondé Saint-Pétersbourg, et qu'il y eut établi le siége de son empire, Moscou perdit de sa splendeur, et sa population diminua.

Redevenue résidence impériale sous Pierre II, Moscou reprit bientôt son ancienne prospérité ; mais ce prince ne fit que paraître. La peste en 1771, sous Catherine II, exerça d'affreux ravages dans cette seconde capitale de l'empire, surtout dans les fabriques et parmi le bas peuple : on porte à cinquante mille le nombre des victimes à cette époque.

En 1812, cette capitale, nommée par ses poètes *Moscou aux Coupoles dorées*, était, dit M. de Ségur : « un vaste et bizarre assemblage de deux cent quatre-
» vingt-quinze églises et de quinze cents châteaux, avec
» leurs jardins et leurs dépendances. Ces palais de bri-
» que et leurs parcs, entremêlés de jolies maisons de bois
» et même de chaumières, étaient dispersés sur plu-
» sieurs lieues carrées, d'un terrain inégal; ils se grou-
» paient autour d'une forteresse élevée et triangulaire,
» dont la vaste et double enceinte, d'une demi-lieue
» de pourtour, renfermait encore l'une, plusieurs pa-
» lais, plusieurs églises, et des espaces incultes et ro-
» cailleux; l'autre, un vaste bazar, ville de marchands,
» où les richesses des quatre parties du monde brillaient
» réunies.

» Ces édifices, ces palais, et jusqu'aux boutiques,
» étaient tous couverts d'un fer poli et coloré; les
» églises, chacune surmontée d'une terrasse et de plu-
» sieurs clochers, que terminaient des globes d'or, puis
» le croissant, enfin la croix, rappelaient l'histoire de ce
» peuple : c'était l'Asie et sa religion, d'abord victo-
» rieuse, ensuite vaincue, et enfin le croissant de Ma-
» homet, dominé par la croix du Christ....

» Un seul rayon de soleil faisait étinceler cette ville
» superbe de mille couleurs variées..... Si le voyageur
» pénétrait dans son enceinte, il reconnaissait aux nobles

» les usages, les mœurs, les différens langages de l'Eu-
» rope moderne, et la riche et légère élégance de ses
» vêtemens. Il regardait avec surprise le luxe et la forme
» asiatique de ceux des marchands, les costumes grecs
» du peuple, et leurs longues barbes. Dans les édifices,
» la même variété le frappait.

» Enfin, quand il observait la grandeur et la magni-
» ficence de tant de palais, les richesses dont ils étaient
» ornés, le luxe des équipages, cette multitude d'es-
» claves et de serviteurs empressés, et l'éclat de ces
» spectacles magnifiques, le fracas de ces festins, de ces
» fêtes, de ces joies somptueuses qui sans cesse y ré-
» tentissaient, il se croyait transporté au milieu d'une
» ville de rois, dans un rendez-vous de souverains,
» venus, avec leurs usages, leurs mœurs et leur suite,
» de toutes les partie s du monde.

» Ce n'étaient pour tant que des sujets, mais des sujets
» riches, puissans; des grands orgueilleux d'une no-
» blesse antique, forte de leur nombre, de leur réunion,
» d'un lien général de parenté pendant des siècles de
» durée de cette capitale. C'étaient des seigneurs, fiers
» de leur existence, au milieu de leurs vastes posses-
» sions; car le territoire presqu'entier du gouverne-
» ment de Moscou leur appartient, et ils y règnent sur
» un million de serfs. Enfin c'étaient des nobles s'ap-
» puyant, avec un orgueil patriotique et religieux,
» *sur le berceau et le tombeau de leur noblesse;* car
» c'est ainsi qu'ils appellent Moscou. »

N° III.

Incendie de Moscou.

Voici la description de l'incendie de Moscou, faite
par le baron Larrey, témoin oculaire et chirurgien en
chef de la Grande-Armée : elle est tirée de ses mémoires de la chirurgie militaire, ouvrage peu répandu parmi les gens du monde, à cause de sa nature technique
et scientifique. Le barron Larrey suivait l'armée, qui
s'était mise en marche pour Moscou, après la bataille de
la Moskowa ou de Boradino.

« Le 14 septembre au soir, nous arrivâmes, dit-il, dans
l'un des faubourgs de Moscou ; nous y apprîmes que l'armée russe, à son passage dans la ville, avait entraîné
avec elle tous les citoyens et les fonctionnaires publics ;
il n'était resté que quelques gens du bas peuple et de la
domesticité, en sorte qu'en parcourant les rues de cette
grande cité, où nous entrâmes le lendemain au matin,
nous ne rencontrâmes presque personne ! toutes les
maisons étaient entièrement abandonnées. Mais ce qui
nous surprit beaucoup, ce fut de voir le feu se mani-
fester dans plusieurs quartiers éloignés, où aucun de
nos soldats n'avait encore paru, et particulièrement
dans le bazar du Kremlin, bâtiment très-vaste, garni
de portiques qui ont quelque ressemblance avec ceux
du Palais-Royal, à Paris.

D'après ce que nous avions vu sur notre passage,

en traversant la petite Russie, nous restâmes étonnés de la grandeur de Moscou, du grand nombre d'églises et de palais qu'il renfermait, de la belle architecture de ses édifices, de la distribution commode des maisons principales, de la richesse de l'ameublement et de tous les objets de luxe que l'on trouvait dans la plupart. Les rues sont généralement spacieuses, régulières et bien percées. Rien ne semblait être en discordance dans cette vaste cité : tout annonçait son opulence et le commerce immense qu'elle faisait des produits des quatre parties du monde.

La construction variée des palais, des maisons et des églises, ajoutait infiniment à la beauté de la ville. Il y avait des quartiers qui, par le genre d'architecture des différens édifices, indiquaient par quelles nations en général ils étaient habités. Ainsi on distinguait facilement le quartier des Francs, celui des Chinois ou Indiens, celui des Allemands. Le Kremlin pouvait être considéré comme la citadelle de Moscou ; il est au centre de la ville, sur un promontoire assez élevé, entouré d'une muraille à créneaux, flanquée de distance en distance par des tours armées de canons. Le bazar, ordinairement rempli de marchandises de l'Inde et de fourrures précieuses, était déjà la proie des flammes, et l'on ne put profiter que des objets qui avaient été emmagasinés dans les caves, où les soldats pénétrèrent après l'incendie, qui consuma presque tout l'extérieur de ce bel édifice. Le palais des empereurs, celui du sénat, les archives, l'arsenal et deux temples fort anciens, occupent le reste du Kremlin. Ces divers monumens d'une riche architecture, se présentent majestueuse-

ment autour de la place d'armes. On s'imagine être
transporté sur la place publique de l'antique Athènes,
où l'on admirait d'un côté l'aréopage et le temple de
Minerve, de l'autre l'académie et l'arsenal. Entre les
deux temples s'élève une tour cylindrique, en forme de colonne, désignée sous le nom de la tour d'Y-
van; c'est plutôt un minaret égyptien, dans l'intérieur
duquel on a suspendu plusieurs cloches de diverses grandeurs. Au pied de cette tour, on en voit une qui est d'une
grosseur prodigieuse, dont il est parlé par tous les
historiens.

Du haut de la tour, on découvre toute la ville et
ses environs ; elle se dessine sous la forme d'une étoile
à quatre branches bifurquées. Les couleurs variées des
toits des maisons, l'or et l'argent qui recouvrent les
dômes et les chapiteaux des clochers, dont le nombre est
considérable, donnent à cette cité l'aspect le plus pittoresque...

A peine avions-nous pris possession de la ville, et
étions-nous parvenus, par nos efforts, à éteindre le feu
que les Russes avaient allumé dans les plus beaux
quartiers, que, par suite de deux causes majeures,
l'incendie, se renouvelant d'une manière plus vive,
se propagea rapidement d'une section de la ville à
l'autre, et embrasa toute la cité.

La première de ces causes est justement rapportée à
la volonté, bien prononcée, d'une certaine classe de
Russes, que l'on dit être les individus détenus dans
les prisons, dont les portes avaient été ouvertes au départ de l'armée : ces misérables excités, soit par un
ordre supérieur, soit par un mouvement spontané,

dans la vue sans doute d'exercer le pillage, se portaient, aux yeux de tout le monde, d'un palais à l'autre, ou d'une maison à une autre, pour y mettre le feu. Les patrouilles françaises, quoique nombreuses et fréquentes, n'avaient pu les en empêcher. J'ai vu prendre plusieurs de ces misérables sur le fait; on avait saisi dans leurs mains des mèches allumées et des matières combustibles. La peine de mort, appliquée à ceux qu'on prenait en flagrant délit, ne faisait nulle impression sur les autres; et l'incendie continua trois jours et trois nuits sans interruption. En vain nos soldats coupèrent les maisons pour l'arrêter; la flamme franchissait bientôt les espaces, et en un clin-d'œil les bâtimens ainsi isolés étaient embrasés. La deuxième cause devait être attribuée aux vents impétueux de l'équinoxe, toujours très-forts dans ces contrées, et à la faveur desquels le feu croissait et se déployait avec une activité extraordinaire.

Il serait difficile, dans quelque circonstance que ce soit, d'avoir un tableau plus horrible que celui qui affligeait nos regards. Ce fut surtout pendant la nuit du 18 au 19 septembre, époque où l'incendie était au plus haut degré, que ces efforts offraient un spectacle étonnant : le temps était beau et sec, les vents n'ayant cessé de régner de l'est au nord ou du nord à l'est. Pendant cette nuit, dont l'image effrayante restera toujours gravée dans mon souvenir, toute la cité était embrasée ; des gerbes épaisses de flammes, de couleurs variées, s'élevaient de toutes parts jusqu'aux nues, et couvraient en entier l'horizon, portant au loin une lumière éclatante et une chaleur brûlante. Ces gerbes de

feu projetées dans tous les sens, et entraînées par la
violence des vents, étaient accompagnées, dans leur
ascension et dans leur marche rapide, par un sifflement
épouvantable et par des détonations foudroyantes, résultat de la combustion des poudres, du salpêtre, des
huiles, résines et eaux-de-vie, dont la plupart des maisons et des boutiques étaient remplies. Les plaques de
tôle vernissée, qui recouvraient les bâtimens, se déta-
chaient brusquement par l'effet de la chaleur et allaient
jaillir au loin. Des portions très-considérables de poutres ou de solives de sapins enflammées, lancées à de très-
grandes distances, servaient à propager l'incendie jusqu'aux maisons que l'on croyait les moins exposées à cause
de leur éloignement. L'épouvante et la terreur avaient
frappé tout le monde. La garde, le quartier-général et le
chef de l'armée quittèrent le Kremlin et la cité, et allè-
rent établir un camp à Pétrowski, château de Pierre-
le-Grand, sur la route de Pétersbourg : je restai avec
un très-petit nombre de mes camarades dans une maison bâtie en pierre, isolée, et située au sommet du
quartier franc, près du Kremlin : je pus facilement
observer de là tous les phénomènes de cet épouvantable embrasement. Nous avions envoyé nos équipages
au camp, étant toujours sur le qui-vive, pour parer aux
événemens ou pour les prévenir.

Les hommes du bas peuple qui étaient restés dans
Moscou, pourchassés d'une maison à l'autre par l'incendie, jetaient des cris lamentables; très-jaloux de
sauver ce qu'ils avaient de plus précieux, ils se char-
geaient de ballots qu'ils avaient peine à porter, et que
souvent on les voyait abandonner pour se soustraire

aux flammes. Les femmes, conduites par un sentiment d'humanité bien naturel, emportaient un ou deux enfans sur leurs épaules, traînaient les autres par la main ; et, pour échapper à la mort qui les menaçait de toutes parts, couraient, les jupes retroussées, se réfugier dans les recoins des rues et des places; mais l'activité du feu les forçait bientôt d'abandonner cet asile et de fuir précipitamment sans pouvoir quelquefois sortir de cette espèce de l'abyrinthe, où plusieurs d'entre elles trouvèrent une fin malheureuse. J'ai vu des vieillards, dont la longue barbe avait été atteinte par les flammes, traînés sur de petits chariots par leurs propres enfans, qui s'empressaient de les enlever de ce véritable Tartare.

Quant à nos soldats, tourmentés par la faim et la soif, ils bravaient tous les dangers pour ravir, du fond des caves et boutiques embrasées, les comestibles, les vins, les liqueurs et autres objets plus ou moins utiles. On les voyait courir dans les rues, pêle-mêle avec les habitans désespérés, emportant tout ce qu'ils avaient pu arracher aux ravages de cet affreux incendie. Enfin, en huit ou dix jours cette immense et superbe cité fut réduite en cendres, à l'exception du Kremlin, de quelques grandes maisons et de toutes les églises : ces édifices sont bâtis en pierre.

Cette calamité jeta l'armée dans une grande consternation, et nous présagea de plus grands malheurs. Nous crûmes tous ne pouvoir plus trouver ni subsistance, ni étoffe, ni les autres objets nécessaires à l'habillement des troupes, et dont on avoit le plus pressant besoin. Quelle idée plus sinistre pouvait se présenter à

notre imagination ! Cependant le quartier-général vint
après l'incendie s'établir de nouveau au Kremlin, et la
garde se logea dans quelques maisons du quartier franc
qui avaient été épargnées. Chacun reprit l'exercice de
ses fonctions.

On découvrit, à force de recherches, des magasins de
farine, de viande, de poisson salé, d'huile, d'eau-de-
vie, de vins, et de liqueurs. On en fit quelques distribu-
tions aux soldats; mais on voulut beaucoup trop épar-
gner ou emmagasiner; et cet excès de prévoyance, qui
n'est quelquefois qu'un prétexte, conduisit à brûler par
la suite, ou à laisser dans ces magasins, des denrées
de tout genre, dont on aurait pu tirer les plus grands
avantages, et qui auraient même suffi aux besoins de
l'armée, pendant plus de six mois, si l'on fût resté à
Moscou. Il en fut ainsi, principalement pour les étoffes
et les fourrures, qu'on aurait dû s'empresser de faire con-
fectionner de manière à fournir à nos troupes tous les
vêtemens capables de les préserver, le plus possible,
de la rigueur du froid auquel il fallait s'attendre. De
leur côté, les soldats, qui ne songent jamais à l'avenir, loin de suppléer, pour leurs intérêts, à ce défaut
de précaution, ne s'occupaient qu'à recueillir les vins,
les liqueurs, les matières d'or et d'argent, et mépri-
saient tout le reste.

Cette abondance inattendue, qu'ils devaient à leurs
infatigables recherches, altéra la discipline de l'armée
et la santé des hommes intempérants. Ce seul motif
aurait dû nous faire presser notre départ pour la Pologne.
Moscou devint pour nos troupes une nouvelle Capoue.
Les chefs de l'armée ennemie entretenaient les nôtres

dans des espérances de paix ; les préliminaires devaient
être signés d'un jour à l'autre. Cependant, des nuées de
Cosaques couvraient nos cantonnemens et nous enle-
vaient tous les jours un grand nombre de fourrageurs.
Le général Kutusoff rassemblait les débris de son armée et la fortifiait des recrues qu'il recevait de toutes
parts. Insensiblement, et sous divers prétextes de pa-
cification, ses avant-garde se rapprochèrent des nôtres.
Enfin le terme des négociations était arrivé, et c'est au
moment où l'ambassadeur françäis devait obtenir une
première décision, que le corps d'armée du prince Joa-
chim fut enveloppé. Notre général-ambassadeur put à
peine franchir les obstacles qu'il rencontra pour se rendre à Moscou. Déjà plusieurs portions de nos troupes
et quelques pièces de canon avaient été enlevées. Néanmoins, les divers corps de cette avant-garde, d'abord
dispersés, se rallient, rompent la colonne russe qui les
cernait, prennent une position favorable, et s'élancent
tour-à-tour sur la cavalerie nombreuse de l'ennemi,
qu'ils repoussent avec force en reprenant une partie
des pièces d'artillerie et des soldats faits prisonniers
dans la première attaque. Enfin, l'arrivée du général
Lauriston et des blessés nous confirma au quartier-
général la reprise des hostilités. Des ordres sont aussitôt donnés pour le départ subit de l'armée : la générale
se fait entendre ; tous les corps se disposent à exécuter
ce mouvement précipité. On se hâte de faire quelques
provisions, et l'on se met en marche dans la journée
du 19 octobre. »

On ne lira probablement pas non plus sans intérêt ce
que Napoléon, à Sainte-Hélène, a dit sur le même sujet :

« Jamais, en dépit de la poésie, toutes les fictions de l'in-
» cendie de Troie, n'égalèrent la réalité de celui de Mos-
» cou. La ville était de bois ; le vent était violent, toutes
» les pompes avaient été enlevées ; c'était littéralement
» un océan de feu. Rien n'en avait été soustrait, tant no-
» tre marche avait été rapide et notre entrée soudaine.
» Nous trouvâmes jusqu'à des diamans sur la toilette
» des femmes, tant elles avaient fui avec précipitation.
» La population était loin d'avoir comploté cet attentat.
» C'est même elle qui nous livra les trois ou quatre cents
» malfaiteurs échappés des prisons qui l'avaient exé-
» cuté. »

Napoléon, selon l'auteur du *Mémorial*, s'arrêtait
beaucoup dans ses conversations sur Moscou, qui l'avait
fort étonné sous tous les rapports ; il regardait cette
ville comme pouvant supporter le parallèle avec toutes
les capitales de l'Europe. Ses clochers dorés avaient
surtout frappé ses regards, et c'est ce qui le porta lors
de son retour à faire redorer le dôme des Invalides ; il
se proposait d'appliquer cet embellissement à beaucoup d'autres édifices de Paris.

FIN.

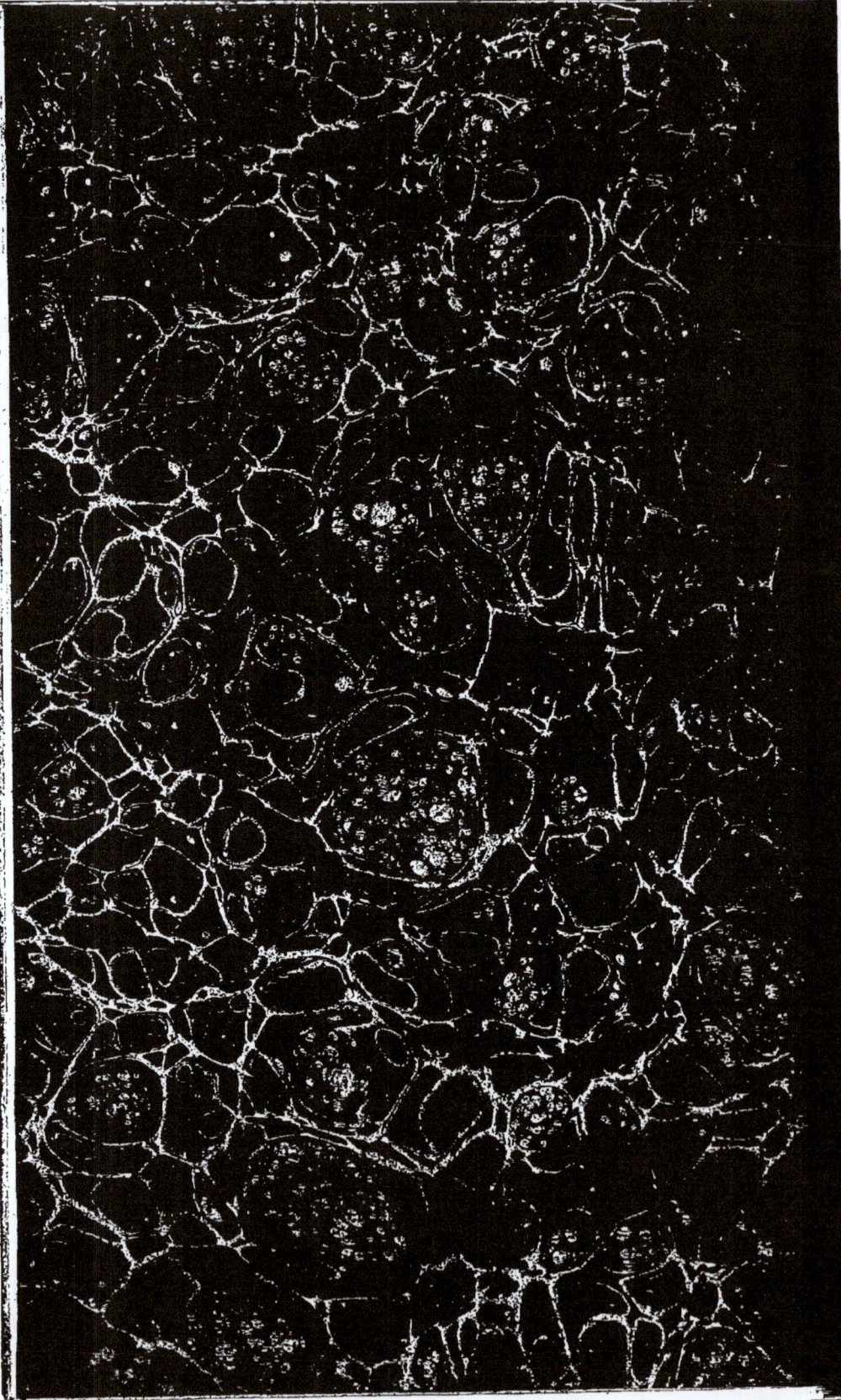

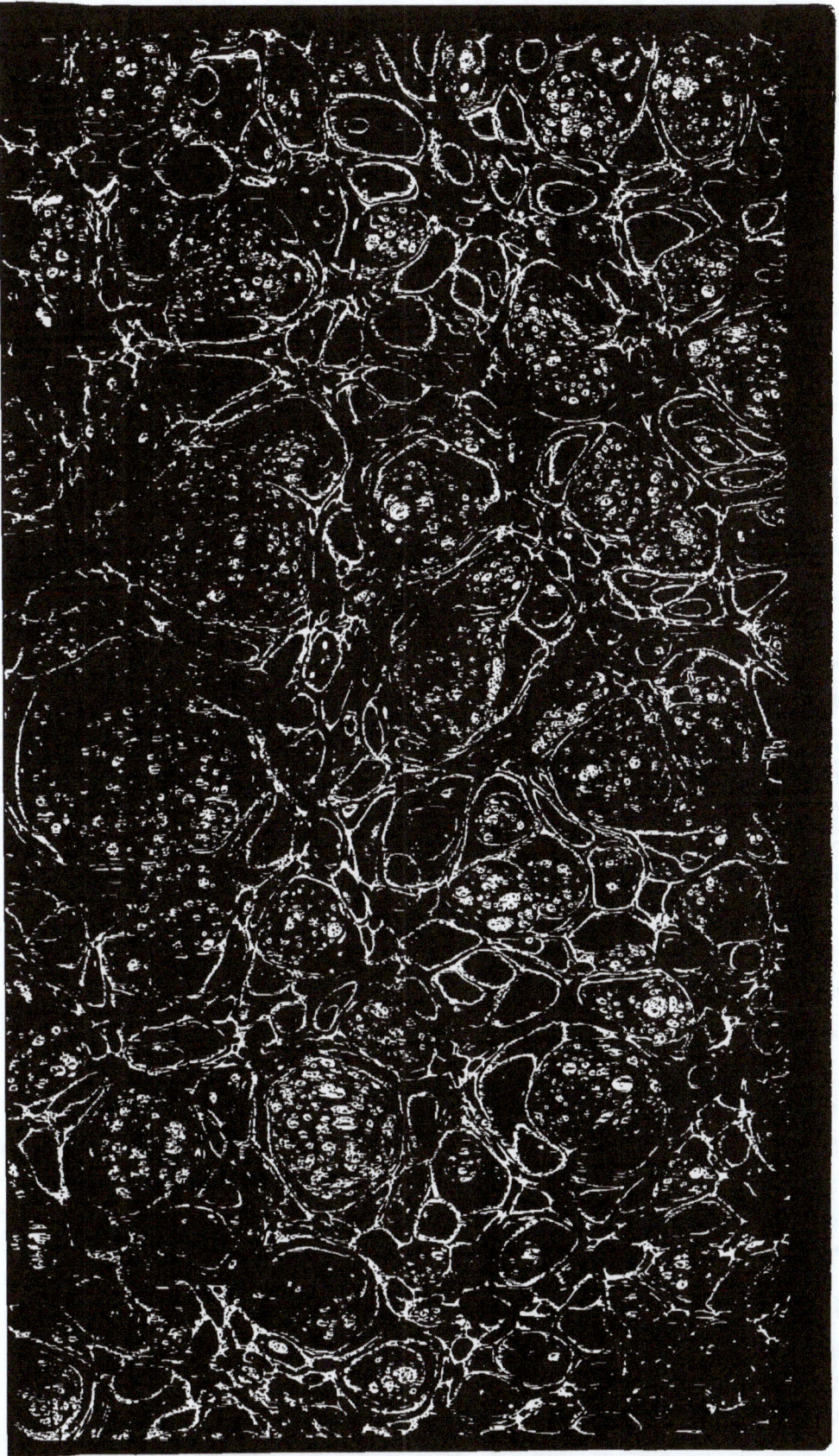

www.ingramcontent.com/pod-product-compliance
Lightning Source LLC
Chambersburg PA
CBHW070330030726
47505CB00004B/1157